輕 鬆
高爾夫英語

Marsha Krakower 著

太田秀明 繪

劉明綱 譯

〰〰〰 三民書局

"気 楽 にゴルフ 英会話"

(Kiraku-ni Gorufu Eikaiwa)

Original Japanese language edition published

by NHK Publishing (Japan Broadcast Publishing Co., Ltd

Tokyo Copyright ©1994 by Marsha Krakower

序

　　隨著高爾夫風氣的日漸盛行，不論是在國內還是國外，打球時與老外同台競技的機會日漸增加。可是卻有很多人因為英語會話能力不佳，到海外出差或出國旅行時，處處迴避，不願與老外同組打球。這種心情頗能令人理解，不過時下高爾夫球界的專業術語，卻幾乎全部都來自於英語。

　　本書特別從打高爾夫球可能會用到的英語會話當中，選出使用頻率較高的例句，可提供您在第一次與老外打球時，作為參考之用。此外，如果您平常較少接觸英語，也希望能透過高爾夫作為橋樑，提升您學習英語的興趣。

　　打高爾夫球，除了展現球技、肯定自我之外，最大的樂趣還是在於能結識眾多志同道合的球友。本書最大的期望，便是成為您擴展人際關係的工具書。希望能藉由這小小的一本書，大大地擴展您的行動範圍，結識更多的朋友，進而在無形中開拓更多的商機。最重要的，還是希望您能一書在手，行遍天下，隨時隨地都能體驗高爾夫的樂趣。

　　在此要特別感謝川田太三先生，不但在本書編輯過程中負責審稿工作，同時也提供了許多寶貴的建議。也謝謝語學部總編輯和田博子女士，在我進度落後的時候，適時地敦促我繼續努力。最後要感謝的，就是為數眾多的高爾夫球友，他們在不知不覺中，都已成為本書編撰過程中題材與靈感的泉源。

1994年12月

Marsha Krakower

輕鬆高爾夫英語

目　次

BACK NINE

ridge
山脊

tee(ing) ground
發球台

undulations
起伏地形

elevated green
砲台式果嶺

two-tiered green
兩段式果嶺

valley
山谷

mound
小丘

trees / woods
樹林

yardage p
碼數標示

marshland
沼地

pot bunke
深沙坑

fringe
果嶺邊緣

greenside bunker
果嶺旁沙坑

Clubhouse
俱樂部會館

starter
發球台小屋

back tee
後方發球台

ground under repair
整修中場地

regular tee
正規發球台

forward tee
前方發球台

pond
水池/水障礙

fairway
球道

rough
粗草區/長草區

ditch / creek
溝渠

(out of bounds)
界外區/禁區

rain shed
避雨小屋

先詢問球場是否對外開放

鄉村俱樂部 (*Country Club*) 一般都是採用會員制 (*Members Only*)，不過美國卻有許多球場是對外開放的，建議您可以先用電話確認一下。球場中負責預約業務的地方稱為 *Pro shop*。如果接聽電話的不是 *Pro shop* 時，可以說 *Pro shop, please.*，請對方為您轉接。

1
請問球場是否對外開放？
Are you open to the public?

首先要用電話確認的，就是球場是否對外開放。public 這個英文字彙，本身具有「公眾」、「一般」的含意，因此在詢問其他設施是否對外開放時，也可以使用這種說法。

–Pro shop. Can I help you?
（您好，這裡是 Pro shop。）
–Are you open to the public?
（請問球場是否對外開放？）
–Yes, we certainly are.
（是的，我們有對外開放。）

如果球場只對會員或貴賓開放，Pro shop 可能會做如下的回答：

I'm sorry but our course is not available for public play.
（很抱歉，本球場不對外開放。）

不過，也有許多球場特定的日子才不對外開放，如：

I'm sorry but our course is not available for public play on Thursdays.（很抱歉，本球場星期四不對外開放。）

此外，某些位於觀光據點的球場，可能還有一些特殊的規定，如：

Our course is exclusively for our hotel guests.
（很抱歉，本球場僅提供住宿於本飯店的顧客使用。）

預約的方式有很多種，但最簡單的莫過於以下的表達方式。

2

我想預約星期五早上的場地。
I'd like to play Friday morning.

先說 I would（縮寫是 I'd）like to play，然後再說出日期、時間就可以了。一般人常有使用 Can I～？的毛病。如果說成 Can I play Friday morning？（星期五早上可以打球嗎？），就好像小孩子徵求父母親的同意一樣，顯得十分幼稚，還是不用為妙。

–**I'd like to play** Friday morning.
（我想預約星期五早上的場地。）
–Hold on, I'll check.
（請稍候，我幫您查一下。）

有一次，我問一個朋友「明天的 tee time 是幾點？」，結果他卻聽成「明天下午茶的時間是幾點？」在英文當中，

tee（發球）與 tea（茶）的拼法雖然不同，但發音一樣，所以那位朋友才會產生誤會。不過我們之間的交情，好像還不到一起喝下午茶的地步嘛。

在英文當中，開球時間「tee off time」，通常簡略說成「tee time」。

I'd like to book a tee time around noon today.
（我想預約今天中午左右的開球時間。）

to book 與 to reserve 相同，都是「預約」的意思。飛機預約訂位（to book a flight），或餐廳預約訂位時（to book a table），也可以使用這種說法，非常方便好用。對了，要特別留意的一點是，發球時間可不要直接說成「start time」喔！一般常用的說法包括 a starting time, a tee off time 或簡略說成 a tee time。

此外，也可以用 I was wondering if～這種說法，在語意

上會顯得比較客氣、委婉。

I was wondering if my wife and I could play this morning.
（請問今天早晨我和內人可以打球嗎？）

眾所周知的，日常生活會話當中，常會使用簡略的說法。因此若雙方對於對話的內容掌握地十分明確時，下句中的 Do you have～？也可以直接省略。

–(Do you have) Anything available around eight thirty?
（8點半左右場地有空嗎？）

–We have an eight forty-five and an eight fifty-seven.
（8點45分與8點57分有空。）

–Eight forty-five, please.
（那我預約8點45分的場地，麻煩你。）

3

一共四位。
A foursome.

打高爾夫球時，告知工作人員打球人數時，不說 Four people，而應該用 A foursome 這種說法。因為高爾夫屬於分組比賽的球類運動，Foursome 表示一共兩組四人。近來餐廳中也逐漸沿用~some 這種說法。只有兩個人時，便可以說 Just a twosome.（只有兩位）。

–How many are playing?
（請問一共幾位？）

–A foursome.
（四位。）

當然，如果只有一個人時，就要說：

Just myself.（只有我一個。）

　　在臺灣和日本，除了職業培訓的選手之外，通常不能單獨上場，不過在歐美等國家，卻常常可以看到孤軍上陣的球友，因此以下這種說法，不妨先記在心裡吧！

Go on through.（讓你先打吧！）

We'll let you play through on the next hole.
（下一洞讓你先打吧！）

　　不過要注意的是，在英國不說 a foursome，而是說 a four ball（四顆球）。蘇格蘭 Saint Andrews 球場的發球臺小屋上，還明確標示著 3 1/2hrs. is ample time for a 4 ball to play 18 holes of golf.（4 人打 18 洞，3 個半小時就已足夠），令人印象深刻。※編輯室按：foursome和fourball比賽方式略有不同，foursome是四人分成兩組，各組一顆球，組員兩人輪流擊桿；fourball也是四人分成兩組，但一人一顆球，以成績較好的組員桿數作為該組在該洞的成績。

　　當球場人多時，有時可能需要與其他球友同組，這一點中外皆同。如果對方問 Do you mind～？（您介意～嗎？）時，雖然可以直接回答 No, I don't mind.，不過，

No, not at all.（一點也不會）或

No, of course not.（當然不會）
這兩種說法會更為自然。

–Do you mind joining another twosome?
（您介意與其他兩位同組嗎？）

–No, not at all.
（當然沒問題。）

4

> 我姓黃，H–W–A–N–G。
> **The name is Hwang, H–W–A–N–G.**

　　建議您在工作人員詢問您姓名的拼法之前，應該先主動說出詳細的拼音。

–The name is Hwang, H–W–A–N–G.
（我姓黃，H–W–A–N–G。）
–All right, Mr Hwang. You're booked for Friday at eight forty-five.
（黃先生，已經幫您預約好星期五早晨8點45分的場地了。）

　　在預約時，應事先詢問服裝方面的規定。美國大部分的球場在服裝方面，都沒有嚴格的限制，不僅在會館不須穿著西裝上衣，在對外開放的球場，穿著牛仔褲打球的人更是比比皆是。特別是在觀光據點的球場，甚至可以穿著短褲，而且不需要穿長襪。不過，如果是在重視傳統的美國東部或南部，可能會有一些球場在服裝方面有所限制，為了謹慎起見，還是建議您事先確認為妙。

5

> 可以穿著短褲嗎？
> **Are bermuda shorts allowed?**

　　Are（Is）～allowed？這種說法，與中文的「可以（允許）～嗎？」相當。應用方式如下：
　　Are spikeless golf shoes allowed?
（可以穿無釘的高爾夫球鞋嗎？）

–Are bermuda shorts **allowed**?
（可以穿著短褲嗎？）
–Sure, as long as they are four inches or less above the knees.
（只要褲管不高於膝蓋以上 4 英寸就可以。）

除了 allowed 以外，也可以用 required（必要、必須）來代替。

Are jackets required in the clubhouse?
（在會館需要穿著西裝上衣嗎？）

附帶一提的是，到美國某些較為高級的餐廳用餐時，西裝上衣是不可少的。因此在預約訂位時，最好事先詢問：

Are jackets required?（需要穿著西裝上衣嗎？）
只要事先作好確認的工作，就不會被迫穿上餐廳常年準備的固定那幾套不太體面的西裝了。此外，關於服裝規定，在英語當中，還有個很好用的辭彙 dress code。

–What is your dress code?
（請問服裝規定為何？）
–We do require a collared shirt.
（請穿著有領子的襯衫。）

Culture Shock

美國有些高爾夫球場是採 Country Club（鄉村俱樂部）方式經營，裡面設施從網球場、游泳池、橋牌室到結婚禮堂一應俱全，所以不時可以看到新娘穿越球道的情形，這時開球可得格外慎重。

6

> 那一點以後呢？
> **How about** after one?

　　如果預定的時間客滿時，可以使用 How about～這種句型來詢問其他的時間。不過必須注意的是，How about～只能用於已有前提的對話當中。

–I'd like to book a tee time around noon today.
（我想預約中午左右的時間。）
–I'm afraid we're fully booked today.
（很抱歉，中午左右都已被預約。）
–**How about** after one?
（那一點以後呢？）
–I'm very sorry, sir. We have nothing available till three-forty.
（實在非常抱歉，下午 3 點 40 分以前都滿場了。）
–Can we hole out?
（我們能打完 18 洞嗎？）
–I think you'll barely make it.
（我想，勉強應該可以打完。）

　　在美國或英國，一到了傍晚，常常可以看到西裝筆挺的上班族驅車來到球場，從行李廂中拿出高爾夫球具下場揮桿。每逢晝長夜短的季節，大部分的球場都設有 twilight

time 制度，以半價左右的折扣，讓球友體驗高爾夫的樂趣。對於工作結束後的上班族，或是經濟不寬裕的學生來說，是可以多加利用的時段。

7

可以麻煩您將我們排入最早的開球時間嗎？
Can you sign us up for the earliest available tee time?

將姓名加入預約名單當中，叫做 sign up。如果想請對方把自己排入預約的名單中，可以使用 Can you sign me up for ～（時間）？這種句型。當飛機預約訂位客滿時，也可以使用如下的說法：

Can you sign me up for the next available flight to New York?
（麻煩您將我排入下一班飛往紐約的班機。）

–Our twilight time starts at four.
（晚場的發球時間是 4 點。）

–Can you sign me up for the earliest available tee time?
（可以麻煩您把我排入最早的發球時間嗎？）

–It's first come, first served.
（我們是依照到場的先後來排定順序。）

8

可以麻煩您幫我們排入候補名單當中嗎？
Will you put us on the waiting list?

上述句型和 Can you sign me up for～相似，不過意思是希望對方將自己排入候補名單當中時，所使用的表達方式。

–We might have a cancellation.
（可能會有球友臨時取消預約。）

–Then **will you put us on the waiting list?**

（那麼，可以麻煩您幫我們排入候補名單當中嗎？）

9

請問果嶺費是多少？
How much is the green fee?

　　在日本打球時，一般人多半不會詢問費用的問題，可能是因為不好意思，或是每家球場的收費都差不多的關係。不過在美國、臺灣，不同球場的果嶺費價差可能達到臺幣將近一千元。相形之下在日本打一場球下來，少說也要幾萬日圓，折合臺幣約七、八千左右，所以區區幾百塊的差別，對他們來說可能無關痛癢，不過對於習慣只需臺幣三百元上下的費用，就可以充分體驗平價高爾夫樂趣的大多數美國人而言，臺灣和日本動輒收費三千臺幣的高級渡假球場可就是 very expensive 了！※編輯室按：近來因不景氣影響，日本球場開始採行降價策略，目前的收費標準和臺灣差不多，在臺幣三千元上下。

　　總之，預約球場時，記得先詢問果嶺費用，除了果嶺費以外，不妨也順便詢問一下其他項目的收費：

　　How much is the electric cart?
　　（請問電動球車的費用是多少？）

–By the way, **how much is the green fee**?
（對了，請問果嶺費是多少？）

–It's forty dollars. And it's seventeen dollars for the electric cart, four dollars for the pull cart.

（40 美元。電動球車租金為 17 美元，手推車租金為 4 美元。）

15

手推車可以直接推入球道（fairway），固然是很方便，不過為了保護草皮，有些球場會因應季節做出相關的限制，例如：

Walking is allowed only between June and October.
（手推車僅限於 6 月～10 月之間使用）。

─您好，這裡是 Pro Shop。

☆請問球場有對外開放嗎？

（答案請參閱166頁）

2

到 Pro shop 報到

　　抵達高爾夫球場後，第一件事就是到 *Pro shop* 報到。不過某些對外開放的球場，由於果嶺費超級低廉，因此 *Pro shop* 可能會大排長龍。為了避免客人等候太久，有些球場還會設有另外專門負責報到的櫃台。

1

> 我預約的開球時間是 8 點 23 分。
> I made reservations for a 8:23 tee time.

　　不僅是高爾夫球場，在餐廳或飯店，如果有事先預約訂位或訂房，都可以使用 I made reservations for～（時間）.（我有預約～）這個句型。

–Hi! I made reservations for a 8:23 tee time.
（你好，我預約的開球時間是 8 點 23 分。）
–Can I have your name, please?
（請問貴姓大名？）

　　在餐廳也可以使用下面這種說法。
　　I made reservations for a table for five.
　　（我預約了 5 人的座位。）
如果想打球而沒有事先預約，則可以這樣問：
　　I haven't made reservations, but can we play?
　　（我沒有事先預約，請問我們可以上場打嗎？）

按照慣例，通常都需要事先預約才能進場打球（除非是球場給予會員的特權），不過從前我在紐約近郊兜風時，就曾有幾次一時興起，臨時決定下場揮桿的經驗。

此外，會員在場內的消費當然都是採用簽帳的方式，如果是非會員的話，就必須預付現金，繳費後，球場會開立收據，並請您到出發處向工作人員出示收據。此時，櫃台會說：

Please show this to the starter.

（請向出發處的工作人員出示這張收據。）

非會員的飲食、購物等費用，也都必須以現金當場付清。相反的，如果您是以會員的貴賓（guest）身分入場打球，則不須事先支付現金，所有的費用到月底會直接計入該會員的帳目之下。

2

我想先練習一下。
I'd like to hit some practice balls.

在下場打球以前，如果需要先練習一下，可以洽詢 Pro shop。您可以使用 I would like to～.（可縮寫為 I'd like to～.）來詢問。每家俱樂部的練習場可能略有差異，不過大體上應該都是採用自動販賣機買球的方式。在練習前，應先在 Pro shop 處兌換 token（代幣）。如果需要駐場教練的指導，則可以說 I'd like a lesson.。

–**I'd like to** hit some practice balls.
（我想先練習一下。）
–The driving range is right behind the clubhouse.
（練習場就在俱樂部會館的後方。）

–You'll need to purchase your tokens here.
（請您先在此兌換代幣。）

　　如果您想確認一枚代幣可以換幾顆球的話，可以說：
How many balls to a token？
美國的練習球比台灣貴一點，但比日本便宜，通常是
Thirty-five for a four-dollar token.
（4 美元 35 顆。）

3

> 請問有球具可以租借嗎？
> **Do you have** a set of clubs I can rent?

　　對外開放的球場，也不一定有球具或球鞋可以租借，因此建議您先用 Do you have～I can rent？（請問有～可以租借嗎？）來確認一下。

–**Do you have** a set of clubs I can rent?
（請問有球具可以租借嗎？）
–Sure. Step this way, please.
（有的，請這邊走。）

　　如果想借球鞋時，可以說：
Do you have a pair of shoes I can rent?
（請問有球鞋可以租借嗎？）
這時通常工作人員會詢問：
What size do you wear?（請問您穿幾號鞋？）
腳掌長度 25 公分的男性朋友，可以說：
About a seven.（大概 7 號左右。）
同樣地，我們也可以如法炮製：
Do you have an electric cart I can rent?

（請問有電動球車可以租借嗎？）

另外，如果您是第一次在該球場打球，最好先向球場索取場地導覽圖。

Do you have a course guide?

（請問有場地導覽圖嗎？）

有的球場並沒有準備導覽圖，因此工作人員可能會說：

No, but there's a plan on every tee.（很抱歉，我們沒有導覽圖。不過每一洞的發球台上都有說明圖文。）

如果想要雇用桿弟，則可以說：

Is there a caddie I can hire?

（請問有桿弟嗎？）

Culture Shock

在日本，高爾夫球場的 Pro shop 通常設有「名產‧土產專櫃」，提供以高爾夫作為應酬、交際的球友選購、送禮之便。美國和台灣雖然沒有這項設計，但在 Pro shop 同樣也有販賣各式高爾夫用品供球友選購。而且和日本不同的是，球友的報到、登錄作業，也同樣在這個櫃台進行。此外，在某些球場，只要付給打工的 bag boys/girls 一些小費，他們就會幫您把球具直接從汽車行李廂搬到手推車上。不過也有些球場沒有這類打工人員，這時您就得 DIY 自行將球具扛到發球台上了。

4

請問有印有球場標記的球嗎？
Do you have balls with the club logo?

　　買東西時，常常會使用到 Do you have～？這個句型。一樣米養百種人，有的人每到一個新球場打球時，都喜歡收集印有球場標記的球作為紀念。為了滿足這種蒐集家的需求，市面上還出現專門擺放、陳列小白球的展示用木盒，我的親朋好友中，也有人樂此不疲。不過他們多半沒什麼時間打球，木箱好像永遠也裝不滿。

–**Do you have** balls with the club logo?
（請問有印有球場標記的球嗎？）
–Sorry, we're out of them right now.
（很抱歉，已經賣完了。）

<詢問發球台工作人員>

5

我們是下一組嗎？
Are we up next?

　　在第一洞發球台的小屋，將果嶺費的收據給工作人員看過之後，工作人員便會告知發球的順序，如：
　　You can play away now.（你可以立刻上場。）
　　You're up next.（你們是下一組。）
如果要自己主動詢問的話，就可以用下面的說法：

–Are we up next?
（請問我們是下一組嗎？）

–Not quite. There's a threesome waiting before you.
（抱歉，前面還有一組三人的球友在等候。）

6

我可以去買杯咖啡嗎？
Do I have time to get a cup of coffee?

　　利用手推車載運球具的好處之一，就是在打球之餘，還可以來上一杯具有提神功效的咖啡。如果在會館忘了帶咖啡入場，可以使用 Do I have time to～？來詢問。

–**Do I have time to** get a cup of coffee?
（我可以去買杯咖啡嗎？）
–Sure. You have plenty of time.
（當然，你有充裕的時間。）

☆我們是下一組嗎?

—抱歉,前面還有一組三人的球友在等候。

(答案請參閱166頁)

談天氣、論風景

　　和不認識的人同組打球時，發球區工作人員會說 *You'll be playing with these people.*（您跟這幾位同組），來幫您介紹球友。英文雖然沒有類似「請多指教」這樣的說法，不過想稍作自我介紹時，可以說 *I'm Shige. Nice to meet you.*（我是*Shige*,很高興能見到您）。不過必須注意的是，切勿一開始就針對對方的私人問題打破砂鍋問到底。諸如對方的家庭、工作等話題，應該等到比較熟稔之後再提，一開始不妨先從談論天氣、球場等無傷大雅的話題開始。

＜以天氣為話題＞

1

今天天氣真適合打球。
It's great sweater weather.

　　您可能會覺得奇怪，天氣和毛衣怎麼能扯得上關係？不過如果您曾看過每年初夏舉行的全英高爾夫公開賽，大概就能心領神會了。在氣候多變的英國等地，如果能穿著毛衣打球，那已經是天公作美、最適合打球的好天氣了。

–Fine morning to play golf, isn't it?
（真是個適合打球的早晨。）
–It's great sweater weather.
（今天天氣真適合打球。）

2

今天天氣真好！
This weather is terrific.

　　這句話的句型，就像國中時學到的 This is a pen.（這是一枝筆），是最簡單的表達方式。要形容好天氣時，除了terrific 之外，還有好幾種說法，如 great／fantastic／gorgeous等。

　　另外，也可以使用徵詢對方意見的說法，如：

Isn't this weather terrific?
（今天天氣還真不錯吧！）

–This weather is terrific.
（天氣真好。）
–Nothing like it in the world.
（真是好得沒話說。）

3

希望能維持一整天。
Hope it stays like this all day.

　　天氣好得出乎意料之外時，可以用 believe（相信）來形容不敢置信的心情。如果對方徵詢我們的意見，而我們想

說出心中的期待時，則通常使用 hope 來表達。I hope～的
I 也可以省略不說。

–Can you believe this weather?
（天氣真是好得令人不敢相信！）

–Hope it stays like this all day.
（希望能維持一整天。）

4

草皮看來還有點潮溼。
The grass still looks wet.

到剛下過雨的球場打球，最令人在意的就是草皮的情
況，這時這種說法便可派上用場。在此必須特別注意 grass
的發音，'a' 的母音是長音而非短音。

–The grass still looks wet.
（草皮看來還有點潮溼。）

–It'll dry out fast.
（很快就會乾了。）

5

好大的風啊！
Quite a wind!

如果風很大時，可以用 quite 來形容，其意思相當於中文
的「十分」、「非常」。這個字的拼法和「安靜」的 quiet 很
像，要注意不要拼錯了。

–Quite a wind!
（好大的風啊！）

–These winds are typical at this time of year.
（每年這時候，都差不多這樣。）

此外，也可以用以下的說法詢問：

–Is it always this windy?
（平常風也這麼大嗎？）
–This only happens a few times a year.
（每年只有幾次會刮這種風。）

6

好像快下雨了（好像下起雨來了）。
It looks like rain.

當天空烏雲密佈，或是已經開始下起毛毛細雨，讓人感覺雨勢可能會加大時，就可以用 It looks like rain.這種表達方式，確認對手是否想要暫停。

–It looks like rain.
（好像快下雨了/好像下起雨來了。）
–This is just a shower. Let's wait in the shed.
（應該只是陣雨，到小屋等等吧！）

甚至，有的球友可能會說一句：
What's a little rain!（雨不大嘛！）
然後繼續打球。在日本的球場，天氣惡化時，依然繼續打球的多半是日本人，而非美國人。不過若是在英國，因為晴天乃是可遇而不可求，因此即使是傾盆大雨，球友多半也只是說一句 What's a little rain！，然後就若無其事地繼續打球。

7

在這種大雨中打球，還真是辛苦啊！
It's no joke playing in this rain.

如果要直接翻譯 It's no joke，可以譯成「真不是開玩笑的」。當情況出乎意料地難以應付時，便可以用這種說法表達。It's no joke playing in this rain.這句話，含有「再怎麼說，要在這種大雨中打球，這玩笑開得實在是離譜！」的深層語意。相反地，如果是在幾乎會讓人中暑的大太陽底下打球，則可以用 heat 代替 rain，如：

　　It's no joke playing in this heat.
（在這麼熱的天氣裡打球，還真辛苦啊！）

–It's no joke playing in this rain.
（在這種大雨中打球，還真是辛苦啊！）
–But the green will be all right.
（不過果嶺的狀況不會有問題的。）

8

我猜得因雨暫停了。
I guess we're rained out.

運動比賽或舉行活動時，如果出現了 rained out 的字眼，就表示活動「因雨暫停」或「因雨停賽」。這種說法不論是在比賽開始前，或是進行的過程中，都可以使用。

–I guess we're rained out.
（我猜得因雨暫停了。）
–Tough luck.
（運氣真背！）

此外，如果已經和朋友約好打球，但卻因為天氣因素而無法如願時，也可以使用以下的說法：

It's a rain check.（恐怕得改期了。）

此一用法不限於打球時使用，例如和朋友約好一起小酌幾杯，卻因臨時有事，無法赴約時，也可以說：

Sorry. It's a rain check.（不好意思，可能要改天了。）

<以球場為話題>

除了天氣之外，球友常談到的話題還包括球場與周遭的景物。在紐約近郊的球場，每到楓紅的季節，打球時的話題通常都圍繞著球場的景致，真正談論戰況的時間反倒少了許多。

9

好美的風景啊！
What a view!

對風景發出讚嘆時，最常使用的是以 What 或 How 起始的感嘆句。但即使是使用以下介紹的It's very scenic.這種普通直述句的表達方式，如果說話者能在話語中加上感情，還是可以充分傳達自己感動的心情。

–What a view!
（好美的風景啊！）
–Yes, it's very scenic.
（對啊，風景真美！）

以下順便介紹一些使用What的句子。

–What a panoramic view of the mountains!

（從這邊看過去，山形真是壯闊啊！）

–Yes, it's very picturesque.

（對啊，簡直像幅畫！）

–What a beautiful place to play golf!

（真是個景致優美的球場啊！）

–Yes, but don't let the view fool you.

（對啊，不過可別給風景給騙了喔！）

※編輯室按：地形壯闊的球場，難度想必也不容小覷才是。

10

你們以前有來這裡打過球嗎？
Have you played here before?

　　由於在渡假勝地的高爾夫球場，球友多半都不是會員。因此與其使用：

　　Do you play here very often?
　　（你常來這裡打球嗎？）
這種詢問方式，倒不如用詢問對方過去經驗的 Have you ～？這個句型，會比較來的保險些。

–Have you played here before?

（你們以前有來這裡打過球嗎？）

–No, it's our first time here. How about you?

（沒有，這是我們第一次來這個球場打球。你們呢？）

–We played our first round yesterday.

（我們的第一次昨天已經打過了。）

　　有一年暑假，我到位於瑞士的渡假球場打球時，有一位 70 幾歲的老先生跟我同組，於是我就問他：Have you played here before, sir？不料他的回答竟是「打從 15 歲開

始，我就在這兒打球了」，頗出人意料之外的答案。球場中有一洞標準桿 3 桿，距離 150 公尺（瑞士球場採用公尺制）的短洞，途中小白球必須飛越一般的道路，老先生於是風趣地說：

I used a 9-iron back then. I need a 3-wood now!

（從前我都是用 9 號鐵桿，現在可得改用 3 號木桿囉！）

大家聽了，不禁莞爾一笑。

Culture Shock

曾有一位居住在美國的日本朋友表示，在日本，打高爾夫球最令人期待的理由可能是打完後「可以好好泡泡澡！」。而在國外打球，只要不是日本企業經營的球場，大概都不會有澡堂或三溫暖等豪華的設施，至於臺灣的情形則比較接近日本。

相較之下，在國外，會員制或半開放的球場，充其量只有一排簡單的淋浴間（shower stall）；如果是完全對外開放的球場，甚至連存放個人物品的寄物櫃都沒有。這時，車子的行李箱也就成了現成的寄物櫃，這種現象在美國尤其明顯。所以下次如果有機會到國外打球，看到其他球友打開車子的後行李箱，當場換起高爾夫球鞋來時，可不要被嚇到喔！

11

這球場保養的非常不錯。
The course is very well-groomed.

有時雖然風景普通，但仍會禁不住想讚美球場，相信您一定也有過這樣的經驗。如果您是家中有飼養寵物的讀者，應該有聽過 groom 這個英文字彙，它的意思是「保養、修整（毛髮）」，同樣當要形容草皮「維持在良好的狀態」時，也可以用 well-groomed 這個字來形容。

–The course is very well-groomed.
（這球場保養的非常不錯。）
–Well, the back nine is prettier than the front nine.
（後九洞比前九洞更好喔！）

除了 well-groomed 之外，也可以用 well-manicured 來形容。這個字彙原本是「修剪指甲」（manicure）方面的用語。此外，excellent condition（最佳狀態）也是經常使用的表達方式。有些人打完18洞回到Pro shop時，會跟經理說一句：

The course is in excellent condition.
（球場狀況不錯喔！）
表達讚許之意。

想要說前九洞／後九洞時，請使用 front nine／back nine。臺灣有些球友所使用的 Out／In 屬於日式的說法，前者由 going out（出發），後者由coming in（回來）省略而來。當球場人多時，球友通常會問桿弟「今天從In開始打嗎？」英語的正確說法應該是：

–Are we starting from the front nine today?

（我們今天從前九洞開始打嗎？）

–No, you're coming in.

（不，你得從後九洞開始。）

12

難怪這個場地這麼平坦、好打！
No wonder it's nice and flat.

　　當尋思良久的事情，終於獲得解答時，就可以使用 No wonder～這個句型。例如出桿時，球總是會往右偏（slice），心中正納悶苦惱時，球友一語道破問題的根本原因，這時就可以說：

　　No wonder I've been slicing the ball!

　　（難怪我總是打成右曲球！）

–I heard this course used to be a pineapple plantation.

（聽說這個球場過去是鳳梨園。）

–No wonder it's nice and flat.

（難怪地勢這麼平坦。）

　　過去在美國佛羅里達州的球場打球時，總覺得球好像浮在球道上一樣，打來十分的順手。後來經過球友的說明之後，我才恍然大悟。原來為了配合當地溫暖的氣候，球道的草皮都特別採用百慕達品種。

　　Courses in Florida use Bermuda grass.

　　（佛羅里達的球場草皮採用的是百慕達品種。）

　　No wonder the ball sits up on the fairway.

　　（難怪小白球好像浮在球道上一樣。）

　　有一次，球落在百慕達粗草區（Bermuda rough）時，球友當場也給我上了一課：

You won't get much spin from the Bermuda rough.
（從百慕達粗草區打出去的球，比較不會旋轉。）

No wonder I sailed over the green!
（難怪我的球會滾過果嶺。）

與同組球友打了幾洞之後，就可以開始談論一些比較私人性質的話題。以下就為大家介紹這一類的表達方式。

13

您住在附近嗎？
Are you from this area?

很多人會使用 Where are you from？來詢問對方來自何方。不過事實上，這種表達方式聽來並不舒服。如果在觀光巴士上，雙方很明顯地都是觀光客，那麼這種說法倒也無傷大雅：

I'm from Japan. Where are you from?
（我是從日本來的，您呢？）
不過若是在高爾夫球場上，建議您還是使用比較迂迴的方式。

–Are you from this area?
（您就住在附近嗎？）
–No, I'm from Maine. I'm here on vacation.
（不，我住在緬因州，這次是來渡假的。）

「渡假」的英文是 on vacation。
I'm here on business.（我這次是來出差的。）
I'm stationed here on business.（我是因公調職過來的。）
如果球場位於渡假風景區，也可以這樣問：
Are you here on vacation?

（您是來渡假的嗎？）

14

您打算在這兒待幾天？
How long will you be staying here?

　　到飯店櫃台 check in 時，櫃台服務人員通常會用上述句型詢問客人住宿的天數。打高爾夫時，也可以用相同的方式訊問對方渡假時間的長短。

–How long will you be staying here?
（您打算在這兒待幾天？）
–Another three days.
（還會待個三天。）

☆好像下起雨來了!
─應該只是陣雨,到小屋等
等吧!

(答案請參閱166頁)

了解同組的球友

到目前為止，打電話到美國的球場預約時，從來沒被問過差點（*handicap*）。不過在法國或瑞士的球場，倒是曾被問過幾次 *What is your official handicap*？。不過您也不必驚慌，因為一來 *Pro shop* 並不會要求您提出正式的差點證明書，上了球場以後，甚至還會發現球技其差無比的「肉腳」級球友，也就是英語戲稱為 *a hacker* 或 *a duffer* 的菜鳥球友也在場上大顯身手呢！

1

您打高爾夫很久了嗎？
Have you played golf much?

詢問對方高爾夫的球齡或過去的經驗時，最簡單的說法就是 Have you ～？這個句型。此處的 much 也可以用 many times 來替換，不過此時必須注意的是：

Have you played <u>here</u> many times?
（您<u>在這兒</u>打過很多次球？）

這一句由於加了 here 將問句焦點轉移到場地上，所以沒有問題，但如果說成 How many times have you played golf？（你打過幾次高爾夫球嗎？），直接衝著對方打球的次數作詢問，就顯得有點失禮了。

–**Have you played golf much.**
（您打高爾夫球應該很久了吧？）

–No, I took up golf since I retired. What about you?

（沒有沒有，我退休以後才開始打。您呢？）

–I began just three years ago.

（我也是 3 年前才開始的。）

　　「從（何時）開始打高爾夫。」可以用 I began～或 I started～來表達。或是如同上述例句，用 I took up (golf)～. 這個句型表示也行。took up 雖然也是「開始」的意思，不過通常是用來強調純粹是基於消遣而開始的運動或嗜好等。

2

您的球齡有幾年了呢？

How long have you been playing golf?

　　想具體地詢問對方的經歷時，就可以用 How long have you been～？（你從事～幾年了？）這個句型，例如：

How long have you been living in Florida?

（您在佛羅里達住了幾年了呢？）

–How long have you been playing golf?

（您的球齡有幾年了呢？）

–Only twenty years!

（只有 20 年啦！）

3

我的平均桿數是 85 桿。

I'm a 85-shooter.

　　相信您應該聽過 age shooter（打完一圈的桿數相等於，或低於自己年齡歲數的人）這種表達方式。如果想表達個

人的高爾夫平均桿數，而非差點時，I'm a ～shooter.就是一種最簡單的說法。

–My handicap's twelve. What's yours?

（我的差點是 12，您呢？）

–I'm a 85-shooter.

（我的平均桿數是 85 桿。）

如果想說「打完一圈平均桿數大約在 85 桿左右」時，則可以用以下的表達方式：

I usually shoot around 85.　或是

I usually go round in about 85.

要詢問對方通常一圈打幾桿時，則可以用：

What do you usually go round in？

對球友來說，場上的賭注是少不了的，不過，互不相識的人之間彼此提議：

Want a game?（來比一場吧！）

Want to play scratch?（來場不讓分的比賽吧！）

的情形倒不多見。經詢問一位熱愛高爾夫的友人，得到了這樣的答案：

If the player is more tanned than me and is carrying a 1-iron, I wouldn't bet with him.（如果對方晒得比我黑，又手持一號鐵桿的話，我才不會跟他賭呢！）

4

您的差點是 0 嗎？

Are you a scratch player?

這句話用在菜鳥球友身上，可能會有譏諷的意味，不過

40

若是對方球技高超，這樣問可是一點也不失禮喔！回答時的 Far from it !，意思是「差多了！」

–Are you a scratch player?
（您的差點是 0 嗎？）

–Far from it! My handicap is twelve.
（差多了，我的差點是 12。）

　　為了不讓對方誤解，我通常都會以 I'm a hacker. 來說明自己的球技。hacker 在這兒的意思是「很喜歡打高爾夫，但球技卻仍待磨練的人。」也可以用 duffer 來代替。從字面上來看，duffer 是 duff（球桿在打到球之前，先去打到球後方的地面，亦即挖地的意思）加上 er，表示「經常擊出 duff 的人」。另外要提出的是，當擊出 duff 時，英語會用

　I hit it fat.（我打太深了！）
來表達。

5

她打得比我好。
She's better than I.

　　若和朋友與另外一組 twosome 同組對打時，對方可能會問「哪一位球技比較好呢？」在英語中，人或事物比較時，如果一方勝於另外一方，通常是用 better 表示，句型是～is better than…（～比…好。），如：

She's a far better golfer than I.
（她的高爾夫打得比我好多了。）

　　此外，想要稱讚對方時，也可以說：

You're much better than I.
（你打得比我好多了！）

−Who's the better golfer?
（哪一位的球技比較好？）
−She's better than I.
（她打得比我好。）
−You may be right, but we're still playing scratch!
（或許吧！不過我們還是用 0 差點的方式比賽。）

Culture Shock

　　近來美國出現許多所謂的「executive course」（主管級球場）。為什麼用executive主管這個字呢？因為企業的主管級人物通常都是大忙人，這些球場每洞的距離較短，讓主管級人物即使在公務的閒暇之餘，仍可體會高爾夫球的樂趣。不過也有一說，球場距離縮減的原因，主要是由於興建高爾夫球場的用地不足所致。

　　在台灣、日本，有錢又有閒，每週可以打上好幾場球的人並不多，可是到了美國，我卻常碰到上班族在上班前揮揮桿，或是下班以後，利用果嶺費有打折優惠的 twilight time 傍晚時段，驅車前往球場過過球癮。在北方的明尼蘇達等地區，一到了晝長夜短的夏季，即使下午 5 點以後才出發，也能打完 18 洞，因此常有人在下班回家以前，先到球場打個 18 洞。到了週末，全家大小一同前往鄉村俱樂部，自己打球時，家人還可以打打網球或玩玩橋牌，可說是一舉數得。

　　有一次在佛羅里達的渡假球場，和日本男性球友以及另一位美國球友同組，當天我的一號木桿與推桿打得十分順手，美國球友於是忍不住說笑似地問道：

Who's the better player?

（到底誰打得比較好啊？）

不管是誰，被人這麼說，相信沒有人會不高興的。

6

您多久打一次球？

How often do you play?

　　詢問做某件事的頻率時，可以用How often～？這個句型。

–How often do you play?

（您多久打一次球？）

–At best, about once a month.

（頂多一個月一次吧！）

　　回答問題的一方如果想要強調不常打球時，就可以在句首加上At best，表示「頂多」的意思。如果每個禮拜打3次，可以說：

Three times a week.

每年只打個幾場，則可以說：

Only several times a year.

有時也用I manage to～這種句型，表示（儘可能排出時間～），如：

I manage to play most weekends.

（儘可能每個週末都打一場球。）

　　此外，有些「妻管嚴」的球友、可能會回答：

Whenever my wife lets me.（老婆讓我打時我就打。）

7

我打出過 78 桿。
I once made a seventy-eight.

「我今天打出 78 桿的成績」，英語是：

I made a seventy-eight today.
如果想表達自己的最佳成績時，則可以用 I once made a seventy-eight.，因為那屬於過去的經驗。此處的 once，表示「曾經、有一次」，made 則有「達成」的意思。此外，made 也可以用 shot 來代替，如：I shot a seventy-eight today.

–What was your best score?
（你的最佳成績是多少？）
–I once made a seventy-eight.
（我打出過 78 桿。）

其他表達方式如下：

Seventy-eight was my best ever.
（我最高記錄是 78 桿。）
I just broke a hundred last week.
（我上週才第一次打出低於100桿的成績。）

8

我並不是個很認真的球員。
I'm not a very serious golfer.

只要不是正式的比賽，一般球友在小白球落點不佳時，多少會放寬規則的限制，採取通融的處理方式。如果同組的球友原先並不認識，不妨可以用這種表達方式來暗示。

serious 的意思是「認真」或「正經八百」。

–I'm not a very serious golfer.
（我並不是個很認真的球員。）

–Good. Neither am I!
（太好了，我也不是！）

9

您有參加過正式的比賽嗎？
Do you ever take part in tournaments?

Do you ever～？（您有～的經驗嗎？）主要是用於詢問對方過去的習慣或經驗。take part in～則是「參加～」。想要表達自己過去的經驗時，可以說：

I just took part in our monthly competition.
（我剛參加完月賽。）

除了 tournament 之外，也可以用 competition 來代替。

–Do you ever take part in tournaments?
（您有參加過正式的比賽嗎？）

–Yes, I have one coming up this weekend.
（這個週末正好有一場。）

上句中的 coming up，用於強調「某件事物即將到來」。如果很少參加比賽時，則可以用：

Rarely.（幾乎沒有。）

或是具體的陳述：

Only once a year.（一年只有一次。）

—我的差點是 12，您呢？

☆ 我的平均桿數是 85 桿。

（答案請參閱166頁）

球洞完全攻略

面對一個初來乍到的球場，首要任務便在於確認每一洞的特徵，如此才能決定進攻的策略。以下將為大家介紹詢問球洞相關資訊的表達方式，當然，詢問的時機僅限於非正式的友誼賽。在某些情況下，您可能也必須向外國球友說明球場的特徵，因此也請大家參考回答的部份。

1

這一洞有什麼特徵？
What's this hole like?

詢問某一洞的特徵時，最簡單的表達方式就是上述句型。句中的 like 並不是「喜歡」的意思，而是「像～」，想要了解人、事物的外觀、數量或特性時，都可以這麼使用。如：

What's she like?（她是個怎麼樣的人？）

–What's this hole like?
（這一洞有什麼特徵？）

–This is a nasty water hole. I've never yet made a par here.
（這一洞有個討厭的水障礙。我從來沒在這一洞打過平標準桿！）

回答這個問題時，不用 like，而是直接採用斷定的語氣，如：

This is a uphill hole all the way.（這一洞都是上坡地形。）
無論多麼複雜、多變的球洞，說明時都只要在句首加上 This is，一個完整的句子便成形了。以下是其他形容球洞的例句，加上〈 〉中的說明，可以增加句子的具體性。

This is a tough hole < playing 460 yards >.
（這一洞是〈460 碼的〉長洞，難度很高。）

This is a dogleg hole < to the left >.
（這一洞是〈左曲的〉狗腿洞。）

This is a straight < away >hole.
（這一洞很直。）

This is a par 5 < reachable in two >.
（這一洞是〈兩桿就可以上果嶺的〉長洞（標準 5 桿桿）。）

This is a signature hole at this course.
（這是這座球場最具代表性的一洞。）

This is a 〔 the third most 〕 difficult hole.
（這一洞是〈第三〉難打的球洞。）
　*用 the third most 代替 a

除了 This is～之外，也可以用 It has～來表示。
It has a tight fairway.
（這一洞的球道很窄。）

It has a 125-yard canyon before you reach the fairway.
（這一洞球道前有一道長 125 碼的峽谷。）

It has a tricky green.
（這一洞的果嶺很難處理。）

It has a plateau green.

（這一洞是砲台式果嶺。）

It has a blind green surrounded by bunkers.

（這一洞果嶺被遮住，而且四周有沙坑環繞。）

2

請問下一洞有什麼特徵？

Tell me about the next hole.

用 Tell me～（請教）來請求對方說明時，別忘了最後要加上 about（關於～）。一般常見的錯誤用法，是用 Teach me～來代替 Tell me～。雖然兩個字彙都是「請教」的意思，不過 teach 通常表示「教授～」，例如學校中的課程；如果只是想獲得某些資訊，用 Tell me～就可以了。

–**Tell me about** the next hole.

（請問下一洞有什麼特徵？）

–The seventh is a par-3 hole guarded by two large bunkers.

（第七洞是標準桿 3 桿的短洞，不過有兩個大沙坑。）

在台灣，不少球友習慣用「長洞」、「短洞」來表示球洞的距離，不過多數外國人習慣用的說法其實是「a par-5 hole」（或 a par-5），「a par-4 hole」「a par-3 hole」。以下是一些其他的表達方式：

The ninth is a one-shot affair.（第 9 洞是短洞。）

It's a one-shotter.（這一洞是短洞。）

It's a two-shotter.（兩桿可以上果嶺的中距離球洞。）

3

這一洞該瞄哪裡打呢？

Where do I aim this one?

在狗腿地形或果嶺被障礙物環繞的球洞，如果沒有人指點瞄準的目標，根本無法出桿。想要詢問瞄準的方向時，可以用 Where do I aim this one？

–**Where do I aim** this one?
（這一洞該瞄哪裡打呢？）
–Try to hit down the right side of the fairway.
（朝向球道的右側打吧！）

給予對方建議，同時兼做說明時，Try to～這個句型十分好用。Try 除了「嘗試～」之外，還有「努力」的意思。以下再介紹幾種給予建議的表達方式：

Try to avoid being too far left.
（儘量不要太偏向左側。）
Try to aim slightly to the right of that hill.
（試著稍偏向那座山的右側瞄準。）
Just try to keep your drive straight.
（開球盡量直就行了。）

其他還有許多詢問球洞資訊的說法，例如，碰上難纏的球場，每一洞的成績都不甚理想時，有的球友就會用自我解嘲的語氣問道：

Is the next hole any easier?
（下一洞會比較好打嗎？）

我用 5 號鐵桿打，能夠飛越水池嗎？
Can I carry the pond with a five-iron?

在初次到訪的球場打球時，必須隨時確認距離。最簡單的表達方式之一，就是Can I～？（我能夠～嗎？）。這裡

50

的用法並不是徵求同意的 Can I～？，而是詢問可能性的 Can I～？有時候遇到不知道對手的實力，但對方卻希望我們給予建議時，常常會令人不知道該如何回答。這時其實只要告知對方具體的數據，如：It's about～yards to the pond.，再由對方自行判斷出桿的力道即可。此外，相同的距離也可能有不同的表達方式，例如加上only之後，就表示句中摻雜了說話者的主觀意見，如：

It's only about 150 yards with a down wind.
（在順風的情形下，距離可能只有150碼。）

此外，下面這種表達方式也很常用：

It's a little longer than you think.
（距離比你想像中來得遠。）

–Can I carry the pond with a five-iron?
（我用5號鐵桿打，能夠飛越水池嗎？）
–Well, it's about 160 yards to the pond coming down.
（嗯，在順風下距離水池大概有160碼。）

此外，也可以使用附加疑問句 I can't～, can I？（我大概不可能～，是吧？），如：

I can't reach the green from here, can I?
（我從這裡大概沒辦法一桿上果嶺，是吧？）

針對對方用 I can't～, can I？的問句，回答時不妨可以這麼說：

Sure, you can.（你當然沒問題！）
但是如果答案是否定的，說 No, you can't. 可能過於直接，這時可以用：

I'm afraid not.（我想可能沒辦法。）

或是間接地說：

No, you're still a long way.

（你還有一段不短的距離。）

5

想要確認狗腿洞的地形是左曲還是右曲時，就可以用這種說法。「左曲」正式的說法是to the left，但只說Does it dog-leg left？也可以。只不過leg與left有兩個 'l' 的音，唸起來可能比較不順口。

–Does it dog-leg to the left?

（這一洞的狗腿地形是左曲的嗎？）

–Yes, but you can probably cut over those trees.

（對，不過或許你可以越過樹林，直接朝果嶺打。）

Culture Shock

在我高爾夫球生涯的初期，曾有一次在頗負盛名的蘇格蘭 Saint Andrews 球場打球的經驗。有一洞（忘了是第幾洞）乍看之下十分平坦，似乎可以輕易打上果嶺，但當我站上發球台，對當地的桿弟說：This hole looks easy.（這一洞好像很簡單）。桿弟先是說了一句：This hole has seven large bunkers called the Seven Sisters.（這一洞有七個大沙坑，別稱七姊妹），然後半開玩笑又有點邪惡地說：But, believe me, none of them are virgins！（不過，相信我，她們沒有一個是處子之身）。

上述回答是說明可以揮大桿，走最短的直線距離。「捷徑」的英文是「short cut」，而 cut over 則是「橫越」、「抄捷徑」的意思。有關揮桿的其他表達方式如下：

You can probably hook it around that tree.

（或許你可以打左曲球，繞過樹林。）

上句中的 it 指的是小白球，而 hook around 則是「打左曲迂迴、繞過」的意思。

6

我從這兒可以越過水障礙嗎？

Will I get over the water from here?

除了 Can I～？之外，Will I～？也是詢問可能性的表達方式。get over 則表示「越過」、「抵達目的地」。雖然 go over 同樣有「越過」的意思，但 get over 還隱含「設法、想辦法越過」的語意，比較符合此處的情境。

–**Will I** get over the water from here?

（我從這兒可以越過水障礙嗎？）

–I'd lay it up here.

（如果是我的話，可能會分兩次打。）

lay off 在英語中是「暫時解雇」的意思，lay up 則是高爾夫用語中的「分段（分兩次打）」。給予別人建議時，通常用 I would～.（可縮寫為 I'd）（如果是我的話，～），如：

I'd use a nine iron to carry the trap.

（如果是我的話，要越過障礙可能會用 9 號鐵桿。）

使用這種說法的好處是，語氣上顯得比較委婉。要是不想分段打的話，則可以說：

I'd go for it.（如果是我的話，可能會直接打。）

7

> 小心左邊的樹林。
> **Beware of** that patch of wood on the left.

　　請對方注意、留心時，通常用 Beware for〜.的句型。此外，也可以用 Watch out for〜.來代替。

–What's this hole like?
（這一洞有什麼特徵？）
–**Beware of** that patch of wood on the left.
（要小心左邊的樹林。）

　　以下介紹幾種說法，可以在給予對方建議的同時，也兼顧了對於球洞的說明。
　　Beware of that nasty little slope to the left.
（小心那個朝左傾的棘手的小斜坡。）
　　Beware of that wide tract of marsh before the green.
（小心果嶺前那一大片沼澤。）

8

> 現在是逆風。
> **You'll be** driving against the wind.

　　說明球洞的特徵時，有關於風向的資訊也十分重要。此處的 You'll be〜.，表示即將發生於對方身上的事，如：
　　You'll be informed later.
（稍後會再通知您。）
如果直譯 You'll be driving against the wind.，將會譯成「接下來你將對著風吹的方向揮桿」。

–Will I get over the water from here?

（我從這兒可以越過水障礙嗎？）

–**You'll be** driving against the wind.

（現在是逆風喔！）

除了 against 之外，在逆風（headwind）下打球還有以下幾種表達方式：

You'll be playing right into the wind.

You'll be driving dead into the wind.

相反地，如果是順風（tailwind）的話，則可以這樣說：

You'll be playing downwind.

You'll be driving with a following wind.

You'll be driving coming down.

以下介紹一句在刮風的日子球場上最常聽到的建議：

When it's breezy, swing easy.

（刮風的時候，揮桿要放鬆。）

breezy 與 easy 有押韻，應該很好記才對。

9

如果想兩桿上果嶺，你發球時必須讓球落在左邊。

You'll have to keep your tee shot to the left to have a clear second shot to the green.

「想要～，必須～」，通常使用的是 You will have to … to ～.的句型，如：

You'll have to hit a knockdown shot and let it run.

（你得使盡吃奶的力氣揮桿，讓小白球往前滾。）

–Where do I aim this one?

（這一洞該瞄哪裡打？）

–**You'll have to** keep your tee shot to the left to have a clear second shot to the green.

（如果想兩桿上果嶺，你發球時必須讓球落在左邊。）

10

一定要讓球停在球道上。
Putting your ball in the fairway **is a must.**

　　～is a must.（～是絕對必要的事）是常用的口語表達方式。像我推桿打得不好，朋友就常常提醒我：
　　Practicing your putting everyday is a must.
　　（你一定要每天練習推桿。）
不過對於不喜歡練球的我而言，實在是有點勉強。

–Tell me about this hole.
（請問這一洞該注意什麼地方？）
–Putting your ball in the fairway **is a must.**
（一定要讓球停在球道上。）

　　「讓球停在球道上」，除了例句的putting your ball in the fairway之外，也可以說keeping your ball in the fairway。如果想表達球飛出去之後的結果，可以說：
　　You kept the fairway.（你的球停在球道上。）
要注意的是，keep 必須用過去式 kept。
　　如果對方很熱心地給予建議，但以自己的實力，實在是做不到時，可以用以下的說法，開對方一個小玩笑。
　　Easier said than done.（知易行難。）

56

Rehearse it!
英語該怎麼說？

Well, it's about 160 yards to the pond coming down.

☆ 我用 5 號鐵桿打，可以直接飛越水池嗎？

－嗯，在順風下距離水池大概有 160 碼。

（答案請參閱166頁）

6 適時給予隊友激勵

曾有一次過年期間在日本打球，球場竟然派了四位桿弟跟隨。一般情況下，打出好球時，旁邊只有一位桿弟幫忙加油打氣，但當天卻有四位桿弟好像合唱團一般，排成一列高喊「*Nice shot*！」，情景令人忍不住噴飯。除了喊「*Nice shot*！」外，他們難道沒有其他的表達方式了嗎？

1

好球！
Beautiful shot!

美國當地當然也會用 Nice shot！這種表達方式，不過 nice 這個形容詞，常常不足以形容非常精彩的好球。以下就為大家介紹幾種除了 nice 之外的表達方式。

首先，beautiful 或 good-looking（兩者通常都用來形容美女的容貌），就是很好的例子。

Good shot!（好球！）

Good-looking shot!（漂亮！）

Great shot!（打得漂亮！）

Super shot!（太漂亮了！）

–Beautiful shot!

（好球！）

–It's about time I had a shot.

（終於打出個像樣的球了！）

在上述表達方式當中，以 Good shot. 涵蓋範圍最廣，能適用於各種情況。

2

這球打得太好了！
What a shot!

稱讚非常精彩的好球時，通常都會使用感佩、讚嘆的語氣。國中時代就學過的單字 What，就很適合用來表達這種心情。除了 What a shot！之外，還有以下數種表達方式：

What a solid shot.（這球打得真紮實！）

What a draw shot.（漂亮的左斜落下球！）

總之，以 What 起始的感嘆句實在非常好用，請務必牢記。如果球幸運地彈跳時，也可以說：

What a good kick!（漂亮的反彈球！）

–**What a shot!**

（這球打得太好了！）

–Well, my natural shot is a fade.

（我的球通常落地後會往右滾。）

3

沒話說，直接命中旗桿！
That' perfect. It's right at the flagstick.

稱讚對方球技時，使用 That 為句首的表達方式也不少。如：

That's a beauty!（漂亮！）

That's straight and long.（打得又直又遠！）

That's the best shot we've seen today.

（這是今天最漂亮的一桿！）

–That' perfect. It's right at the flagstick.

（沒話說，直接命中旗桿！）

–I wish I could do that more often.

（真希望我能常打出這種球。）

　　如果是彼此熟識的球友，也可能出現互相調侃的話語，如：

That's not bad!（打得不錯嘛！）

Not bad for an old dude.（對一個老傢伙來說還不錯喔！）

That sounded nice!（聽起來打得不錯喔！）

Culture Shock

　　曾有球友用 You have a mid-season swing. 來稱讚我的揮桿動作。所謂的 mid-season swing，指的是 6、7 月左右的揮桿動作，到底這句話是怎麼來的呢？原來美國東部的高爾夫球季，大約是在 4 月到 11 月之間，由於冬天不太適合打球，所以 4 月重返球場時，揮桿的動作會比較生硬，到了 6、7 月左右逐漸找回球感後，揮桿動作才變得比較順暢。我被球友稱讚的時候，球季才剛剛開始，因此 mid-season swing 也就成為不折不扣的讚美之詞了！

4

你開球開得很好嘛！
You can drive that ball, can't you?

　　這一句有個地方要特別注意。You can drive that ball.是個肯定句，意思是「你的開球很好」，而後面的附加疑問句can't you？只是再次確認的語尾助詞，所以在表達時，語調應該要下沈。如果把 can't you？的語調說成上揚，聽起來可能就變成「這次出桿雖然打得不好，不過你的開球實力應該還是很好吧？」的疑問句形式，必須特別留意。

–You can drive that ball, can't you?
（你開球開得很好嘛！）
–I just wanted to make a good impression.
（我只是架式好看而已！）

　　以下再介紹幾種以 You 為句首的常用表達方式：
You outdrove me.（你的球開得比我遠喔！）
You just killed that one.（你這一球真是強勁有力！）
這種說法女性可能不常用，不過形容開球強而有力時，kill這個字可以說用的非常貼切。

You hit it dead center.（你這球打得正中球心。）
You played it straight down the center.
（你這球直直地打到球道中央。）

〈被稱讚時的回應〉

　　在發球台上看到精彩的表現時，球友多半會發出讚嘆。而從對方的回應方式中，通常可以看出他的個性。例如我有一位天性樂觀的朋友，他的回答就是I like it！跟他一起打球，隨時都充滿歡樂的氣氛。不過如果過於樂觀，可能也不太好。因此像我這種容易因為自己表現不好而懊惱、沮喪的人，可能就會回答：

　　It's a fluke.（只是運氣好而已啦！）

以此否定對方稱讚的言辭。所以說，打高爾夫，還真可以觀察人性呢！

5

我欣然接受（我也這麼認為）。
I'll take that.

　　獲得球友的稱讚時，如果在 Thank you.之後，再加上一句話，更可以傳達自己的心情。例如，如果自己對於剛剛的表現也很滿意，I'll take that.就可以充分表達出這種心情。

–Great shot!
　（好球！）
–I'll take that.
　（我欣然接受、我也這麼認為。）

　　除了上述用法外，也可以說：

　　I can live with that.（我可以接受。）

直譯的意思是「有了它，我就能活下去。」在日常生活會話當中，如果想將自己十分滿意的心情傳達給對方，這種用法非常方便喔！

6

是不錯！
I like it!

　　這也是傳達滿意心情的表達方式，十分簡單好用。句中的like，意思是對於剛剛揮桿時的球感十分滿意與喜歡。

–That's not bad!
（打得好！）
–I like it!
（是不錯！）

其他還有：
　　How about that!（這球如何！）
也是十分具有自信的說法。雖然採取樂觀的態度，可能比較容易進步，不過如果您是個天性悲觀的球友，建議您還是直接回答：
　　I don't like it!（我不是很滿意。）

7

我找到了一個適合我的球場。
I found a course that I like.

　　被球友誇讚時，如果想歸功於場地，就可以用這種說法。在受邀到外地打球時，這種表達方式最適合使用。

–You outdrove me.
（你的球開得比我遠喔！）
–Thanks. **I found a course that I like.**
（謝啦！我找到了一個適合我的球場。）

在開球比遠賽（long distance driving contest 或 long-drive contest）當中，如果要跟對方說「你的球飛得比較遠。」可以用：

Your drive was longer than mine.

附帶一提，近洞賽的英語是 nearest-to-the-pin 或 closest-to-the-pin contest。

8

我練習了好幾年，才打得出這種球來。
I've been practicing for years to do that shot.

打出一個連自己都覺得吃驚的好球時，不妨用這種表達方式。句子有點長，把它拆成 I've been practicing for years（我練習了好幾年）to do that shot（打出這種球）前後兩句，可能比較好記。

Culture Shock

有一位日本的球友，曾在一年內打出兩次一桿進洞。由於第一次曾經大大的破費了一番，所以他特地去保了險，才總算逃過破產的命運。不過在美國，就算打出一桿進洞，也不會像日本這麼誇張。頂多是回到俱樂部會館，對在場的球友說一句 Let me buy everyone a drink.（我請大家喝一杯），也就算盡到了禮數。至於在臺灣的情形則是擺一桌請吃飯，慶功宴兼聯誼，賓主盡歡。另外有些球場的做法是，打出一桿進洞的球友，可以在球場留名，因此球場工作人員可能還會要求在一些文件上簽名，不過也僅止於此。與日本的情況相較，可是便宜多了！

−You played it straight down the center.

（你這一球直直地打到球道中央！）

−I've been practicing for years to do that shot.

（我練習了好幾年，才打得出這種球來。）

其他連自己都大吃一驚的表達方式如下：

　　Gosh, I haven't played in two months.

　　（天啊！我已經兩個月沒打球了耶！）

9

　　僥倖、僥倖！
　　No, it's just a fluke.

　　被球友誇讚而覺得不好意思時，就可以採用這種表達方式。

−You just killed that one.

（這球真是又高又遠啊！）

−No, it's just a fluke.

（僥倖、僥倖！）

此外，下面兩種說法，也是自謙的表達方式。

　　No, it was an off-center hit.（沒有啦，這球沒打到球心！）

　　No, I didn't hit it hard enough.（沒有啦，這球沒使上力！）

—沒話說，直接命中球桿！
☆ 謝啦！我欣然接受！

（答案請參閱166頁）

Miss Shot 不是正統的英語

打球時，如果失手擊出 *miss shot*，有些桿弟會直接喊 *O.B.!* 或 *No good.*，這對非英語系國家的球友來說，可能不覺得有什麼不妥，但倒是常常令西方世界的外國球友大吃一驚。也許是因為這些桿弟不知道如何用委婉的英語來表達難堪的事實吧，其實在這時，應該用含糊的說法較妥當。對當事人來說，單刀直入的說法，畢竟有點難堪，不是嗎？

1

重打吧！
Take a mulligan.

現在回想起來，我剛開始打高爾夫時，常常受到球友的安慰與鼓勵，或許正是因為如此，我的高爾夫生涯才能持續到今天吧！說來有點丟臉，每次我在早上第一洞開球時，總是會打出右曲球，直飛 O.B. 界外區，因此球友常常會對我說Take a mulligan.。只要不是正式的比賽，早上第一個 miss shot 通常可以在不罰桿的情況下重打一次，英語就叫做 a mulligan。對於球友的寬容，我可真是感激不盡。

–I sliced it out of bounds!
（打出右曲球，飛到O.B.區了！）
–Take a mulligan.
（重打吧！）

不過從第二洞開始，安慰的話可能就會變成：

Hit a provisional, just in case.

（為了保險起見，還是打個暫定球吧！）

依照日本的習慣，打完前九洞時，通常都會有中餐休息時間，不過在美國和臺灣卻沒有這種慣例。對於習慣一口氣打完 18 洞的我來說，常常因為中斷而無法延續球感。有一次在美國打球時，也在打完前九洞回到俱樂部用午餐，吃完後回到球場，我又在第 10 洞的開球打出右曲球，飛入 O.B. 區，沒想到同組的球友卻說：

Take a lunch ball!

（午餐後的第一球，沒關係，重打吧！）

也就是說，和「早晨的第一球」一樣，這球是中斷比賽後的「餐後第一球」，可以獲得重打的優待。不過可惜的是，日本反而沒有 lunch ball 這種習慣。編輯室按：臺灣當然也沒有。

2

> 我想你應該會漸入佳境的啦！
> I think you're going to be fine.

在安慰對方時，如果覺得下一球還是有可能打出 O.B.，而無法採用肯定語氣的 You're going to be fine.（You'll be fine.）（你應該會漸入佳境的啦！）時，可以在句首加上 I think，讓語氣變得比較委婉。同樣地，當要表示「為了保險起見，你就先～吧！」時，也常見在句首加上 I think 緩和語氣的情形，如：

I think you're going to be fine, but hit a provisional, just in case.（我想你應該會漸入佳境吧！不過為了保險起見，還是先打個暫定球！）

–It's gone!

（這球找不到了！）

–I think you're going to be fine.

（我想你應該會漸入佳境的啦！）

3

至少已經飛越水池了嘛！

At least you cleared the water.

揮桿失手時，或許本人會覺得很不舒服，不過作同伴的可得安慰當事人用積極的觀點重新認清事實。At least 相當於「至少也～了！」的「至少」的部分。

–Ooops! I toed it. / I hit it on the toe.

（啊，削到桿頭前端了！）

–At least you cleared the water.

（至少已經飛越水池了嘛！）

或是可以用以下的表達方式來安慰對方：

At least it's got a run.（至少球有滾動了啊！）

At least it's straight.（至少球很直啊！）

4

這洞是 5 桿的長洞，沒問題啦！

No problem. It's a five-shot hole.

在日常會話當中，常可見到以 No problem. 來代替：

Don't worry.（不用擔心。）

No problem. 在句中的意思是「沒問題啦！」，不過如果別人有所請託時，回答 No problem.則意指「舉手之勞、小事一樁」。說完 No problem.後，可以再加上：

It's a five-shot hole.（這洞是 5 桿的長洞。）

或是

You can play it out from those trees.

（你一定可以把球打出樹林的。）

等具體的說明，效果會更好。

–Oh, no. I sliced it into the woods.

（糟了！球偏右飛到樹林去了！）

–No problem. It's a five-shot hole.

（這洞是 5 桿的長洞，沒問題啦！）

Culture Shock

揮桿失手時，懊悔的心情一定是在所難免。表達喜、怒、哀、吃驚、不滿等感情的句子，叫做情緒用語。而在英語當中，打球失手的球友最常說的情緒用語就是以下兩句。

Oh my God！（天啊！）

God damn it！（可惡！）

觀賞電視轉播的美國高爾夫職業賽時，雖然聽不到現場選手的聲音，不過從他們的嘴型，不難看出這些選手們在生氣之餘頻頻脫口而出的 God damn it！不過諸如此類稱為 abusive language（不雅、粗俗的話），在轉播過程中是嚴格禁止「原音重現」的。如果是英語高手倒還說得過去，若是初學者最好還是不要將這些話掛在嘴邊，要是真的不吐不快，也請使用國語，畢竟情緒用語只要自己聽得到，也就達到發洩的目的了。

5

> 只是球反彈的落點不好而已啦！
> **It just took a bad bounce.**

　　以運氣不好來安慰對方的表達方式也很多。句中的just意思與「只是」、「只不過」相當。

–What a rotten shot!
（這球打得好爛啊！）
–It just took a bad bounce.
（只是球反彈的落點不好而已啦！）

　　以下的幾種說法也很常用：
　　It just caught the wind.（只是被風吹的啦！）
　　It's not bad, under the circumstances.
（以目前的情況而言，這球還不算差！）

〈以玩笑話化解尷尬氣氛〉

　　在美國打球時，經常在失手後，還成為球友開玩笑、打趣的對象。不過到了東方，球友一發生失誤，四周通常都會鴉雀無聲。或許美國人天性比較幽默，不過這也是一種化解尷尬氣氛的應對方式。當然，如果對方素不相識，隨便開玩笑的確是不太禮貌，不過如果是交情不錯的球友，彼此互糗可就無傷大雅了。以下就介紹幾種「另類」的安慰方式。

6

> 噢！看來你有大麻煩囉！
> **Oh-oh, looks like you're in deep trouble.**

71

面對不易處理的艱難情況時，可以用 in deep trouble 這種說法。當對方的球很有可能落入 O.B. 界外區時，使用這種極端的表達方式開對方一個小玩笑，反而可以化解嚴肅的氣氛。有時當事人本身也會說：

Looks like I'm in deep trouble.（看來我有大麻煩囉！）

–Come back to the right!
（趕快飛回右邊來！）

–Oh-oh, looks like you're in deep trouble.
（噢！看來你有大麻煩囉！）

7

不好意思，都怪先開球的人。
Sorry, honor's fault.

這種表達方式日本人也經常使用，但台灣倒不多見。有時當事人本身也會說Honor's fault！，開個小玩笑，故意將自己打壞的原因歸咎給對方。

–Looks like I'm in the trees with you!
（看來我的小白球也落到樹林裡了！）

–Sorry, honor's fault.
（不好意思，都怪先開球的人。）

8

沙坑偶爾也需要善加利用一下的嘛！
The bunker has to be used sometimes.

在英國打球，滿場都是可怕的沙坑。看到對方好不容易從 3 公尺長的沙坑中把球打出來，任誰都會覺得值得同情。不過在這時故意說句反話開開玩笑，不也挺幽默的

嗎！

–I made three strokes in that bunker!

（我在那座沙坑已經打了三桿了耶！）

–Well, **the bunker has to be used sometimes.**

（嗯，沙坑偶爾也需要善加利用一下的嘛！）

9

因為你動怒才會多打了兩桿！
Your temper has cost you two more strokes.

　　我常和一位熱愛高爾夫球運動的親戚一起打球，每當我揮桿失手，情緒開始激動時，他就會勸我這句話。temper 在此是「脾氣不好、生氣、動怒」的意思，如：

　　My cousin has quite a temper.（我表姊脾氣很暴躁。）

–I hit it thin again!

（我又打得太薄了！）

–Your temper has cost you two more strokes.

（因為你動怒才會多打兩桿！）

　　日本人常用的「miss shot」，台灣也有人講，但事實上那是日本人自創的英語。可能是在口耳相傳的過程中，a missed shot 的 -ed 不小心被省略掉了。一般常用的表達方式是 a bad shot。因此「這一球失手了」就可以說成 That was a bad shot.。此外，也可以說 a mishit.。

　　打出 a bad shot 的原因可說是不勝枚舉，以下就挑出幾種，整理如下。要注意的是，這些形容詞字尾通常都有 ed，如sliced, hooked, topped 等。

　　I sliced it.（這球打偏右了！）
　　I hooked it.（這球打偏左了！）
　　I topped it.（我打太薄了！）
　　I popped it（我打太高了！）
　　I stubbed it.（我打太深了！）
　　（也可以說 I duffed it.）
　　I hit it fat.（我打太深了！）
　　I hit it thin.（我打太薄了！）
　　I caught it a little thin.（我好像打得稍薄了點！）
　　I didn't follow enough.（揮桿不太順！）
　　I lost my footing.（我揮桿時腳步沒站穩！）
　　It came up high.（打太高了！）
　　It was too wristy.（手腕用力過猛了！）

一糟了！球偏右飛到樹林去了！

☆沒關係啦！這一洞是五桿的長洞啦！

（答案請參閱166頁）

瞄準果嶺

　　在美國打球最大的不同，就在於美國通常都是採用自助式，沒有桿弟隨行。所以有時可能需要詢問同組球友小白球的去向。如果球漂亮地上了果嶺，那當然最好，但有時也會出現不盡人意的結果。以下就要為大家介紹這種情況發生時，該如何用英語表達。

1

> 你大概還短了一桿的距離。
> You were about one club short.

　　如果對方打出去的球距離不夠遠時，就可以說 You were about one club short. 或是：

　　You might have done better with one more club.
　　（你剛剛下桿再大力一點就好了！）
　　It might be a little long.
　　（好像有點過頭了！）
如同上面的表達方式，在句中加入 about one club（一桿左右）或是 a little（一點點），可以讓語氣顯得更為和緩、委婉。

－Is that short?
　　（是不是太短了？）
－You were about one club short.
　　（你大概還短了一桿的距離。）

詢問對方自己打出去的結果時，通常會說：

Did I reach the green?（上果嶺了嗎？）

Am I on?（上了果嶺嗎？）

除了例句的 Is that short？的表達方式之外，也可以用以下的說法，來詢問球飛行的距離。如：

Did I land too short?（是不是落點太近了？）

Is that long?（過頭了嗎？）

Was it too much club?（是不是用力過猛了？）

2

漂亮！停得離旗竿很近。

Nice work! That stopped very near the pin.

如果小白球上了果嶺，可以先說一句 Nice work！讓對方安心之後，再說明具體的狀況。句中的 stopped 是「停止」的意思，如果打出的球帶旋，一落地立刻就停止的話，則可以用 dropped（落下）或 landed（落地）來代替。

–I didn't get much of a spin.

（這球沒有打得太旋！）

–Nice work! That stopped very near the pin.

（漂亮，停得離旗竿很近。）

也可以說：

You'll like that! It's hole high.

（這球沒話說，正好落在洞口邊！）

常跟日本人打球的臺灣球友，相信對日本人常用的「nice on」一點也不陌生，所謂望文生義，意思多少猜的出

來，可是在美國卻不這麼說。英語一般多使用以下的表達方式：

You're on!（上了果嶺！）

或是用 hold 這個字彙，說成：

You held the green.（你這球上了果嶺！）

3

落地即停，好球！
That was good and soft.

遇到對方以 I didn't～（我有沒有～）徵求確認時，不妨回答 No, you didn't.或直接說 No.。但也可以加上一句自己的評語，相信對方會更能接受。

–I didn't over-run the green, did I?
（球沒有飛過果嶺吧？）

–No, that was good and soft.
（沒有，落地即停，好球！）

如果球打過頭了，則可以使用 a little，回答：

It rolled off the edge just a little.
（球稍微滾出了果嶺邊緣！）　或

You're slightly off to the right. But you got the range perfectly.（稍微偏右了點，不過距離剛剛好。）

球打出去以後，如果自己覺得位置可能還可以，但還是想再做確認時，參考例句使用附加疑問句，是個不錯的方法。

4

> 球停在離洞口兩英寸遠的距離！
> **Your ball stopped two inches from the cup!**

　　想要具體表達上了果嶺的球距離球洞有多遠時，可以考慮用～inches from the cup（距離球洞～英吋）這種說法。如果「距離球洞還差～英尺」或「距離球洞超過～英尺」時，則可以說：

You're a foot short.（You're a foot long.）

–**Your ball stopped two inches from the cup!**
（球停在離洞口兩英寸遠的距離！）
–I just got lucky.
（只是運氣好而已啦！）

　　當對方誇讚自己的近距離切球時，除了可以用第6章介紹的方式，以及上述 I just got lucky.的說法外，也可以用比較幽默的方式來回應。如：

See, I can get it near now and then.
（看吧！我有時候也可以切得很近吧！）

5

> 可惜了，球好像沒能飛過水池。
> **I'm afraid you didn't clear the water.**

　　傳達壞消息時，最典型的表達方式就是以 I'm afraid～（可惜、恐怕）起始的句子。在日常會話當中，如果不得不拒絕對方的邀請時，也可以使用這種句型。如：

I'm afraid I can't go（我恐怕不能去了。）
I'm afraid I have to go.（我恐怕得走了！）

–Am I in deep trouble?
（是不是很糟？）

–I'm afraid you didn't clear the water.
（可惜了，球好像沒能飛過水池。）

可能是沒穿制服的關係吧，和臺灣、日本的桿弟相較，美國、英國與蘇格蘭等地的桿弟，乍看之下總給人一種邋遢的感覺。他們常在球賽進行過程中抽煙，前一組打得比較慢時，甚至就在發球台上躺了下來，在英國，只負責背球袋的資淺桿弟，幫客人拿出球桿後，可能還會順手揮幾下，這在本地是絕對想像不到的惡劣球場禮儀。不過如果是資深的桿弟，在應對方面可就真是職業級的了。他們不僅不會像球友間互相標榜，給予過高的評價，對於一些難以處理的尷尬場面，也能夠妥善地應付。例如有一次我揮桿失手，桿弟就對我說 You might be in the heath（英國球場特有的粗草種類）but let's first see what we've got.（您的球可能落入了粗草區，不過我們還是先去看看狀況吧！），不僅將狀況忠實地傳達出來，又讓人還抱有一線希望。此外，他當時使用的代名詞不是 you，而是 we。給人一種「你的麻煩就是我的麻煩」的命運共同體的感覺，讓人覺得他似乎是自己忠實的友人。

6

> 從這邊看不出來，很難說喔！
> It's hard to tell from here.

　　hard to tell 意思是「很難說」。如果無法分心去留意別人的情況時，也可以說：

　　Sorry, I wasn't paying attention.
　　（對不起，我沒注意！）

–Where did it go?
（球跑哪去了？）
–It's hard to tell from here.
（從這邊看不出來，很難說喔！）

　　完全不知道自己打出的球飛向何方時，就可以這樣問。口語用法中，還可以將Where 與 did 縮寫在一起，成為Where'd it go？

7

> 可能掉到障礙裡去了。
> You might have found the trap.

　　如同本章一開始所介紹的 You might have done better with one more club.（你剛剛下桿再大力一點就好了。）或 It might be a little long.（可能有點過頭了。），英語中經常使用 might have（可能～了），來傳達難以啟齒的壞消息。

–That's way to the left, isn't it?
（是不是太偏左了？）
–Yeah. You might have found the trap.
（嗯，可能掉到障礙裡去了。）

That's way to the left, isn't it？同樣是以附加疑問句作再確認的詢問方式。表示太偏左的「太」，就是句中的 way。除了 way 之外，也可以使用 pretty well，如：

That's pretty well to the right, isn't it？

不過如果當事人確定球已經落入 O.B. 界外區或是沙坑時，使用 might 或 might have 反而可能引起對方的反感。如果對方明確地徵詢我們的意見倒還好，如果沒有，而我們卻隨口給了一個確切的答案「O.B.了」，結果一看卻在界內區時，可就不是聳聳肩、笑一笑，說聲「不好意思」就能了事的了。因此就算聽起來有點像在逃避責任，我也盡量不做斷定性的回答。

以下還是以 might be 介紹其他的幾種狀況：

Your ball might have bounced into the ravine.
（你的球可能彈到山谷去了。）

You might have lost it beyond the cart path.
（你的球可能飛出球車車道，落到 O.B. 界外區了。）

8

好像掉到樹林去了！
Looks like you caught the trees.

looks like 的語意雖然不像 might have 這麼含糊，不過也是「看來好像、大概」的意思。此外，當球掉入沙坑時，可以說：

You caught the trap.（進了障礙區。）

同樣地，飛到樹林時，也可以說 caught the trees（被樹林困住了）或使用 found，說成：

Looks like you found the trees.

82

–Can you tell me where the ball landed?

（你知不知道球掉到哪去了？）

–Looks like you caught the trees.

（好像掉到樹林去了！）

但是，如果對方的球掉落得地方是粗草區，這時不用 caught，應該用 land in（登陸），如：

Looks like you landed in the heavy rough.

一不夠遠嗎？
☆漂亮，上了果嶺。

（答案請參閱166頁）

9

對小白球發號施令

　　揮桿將球擊向天際的瞬間，球友通常都會情不自禁地對小白球發號施令。觀賞電視上美國等地的高爾夫球實況轉播時，現場的麥克風經常可以收錄到職業選手或場邊觀眾的聲音，其中最引人注目的就是對小白球的發號施令。下次若有機會觀賞高爾夫球比賽時，可以特別留意是否出現以下介紹的表達方式。

1

回到右邊來！
Come back to the right!

　　這句是當擊出的球太偏向左側時，意圖改變小白球行進方向的命令句。除了 Come back 之外，也可以說：
　　Swing back to the right.
像這種以動詞起始的句子，具有強烈的命令語氣。如果在句首加上 please，就變成了祈使句，語氣較緩和，不過對象是小白球，因此幾乎沒有人會這樣用。

2

快下來！
Get down!

在距離不長的短洞，眼看小白球就要飛越果嶺時，常常可以聽到這句話，希望球趕快落下來。另外，在球場上也不時可以聽到球員對著小白球喊：

Soft！　或是　Land soft！

意思則是都希望小白球能夠平穩地落地，儘量不要彈跳。在日常會話當中，Get down！除了「落下來，下來」之外，還有「趴下！」的意思。不過既然現在對象是小白球，而不是狗，自然不會引申為這種意思了。

3

停下來！
Settle!

當小白球飛行或滾動距離過遠時，就可以使用：

Settle!　或是　Settle down!

這兩種表達方式原本都是「安頓、穩定」的意思。如：

Have you settle down in your new house?

（你新家安頓好了嗎？）

此外，在高爾夫球場上，針對同樣的情形，也經常使用Sit！但要注意，在這裡並不是「坐下」，而是「停止」的意思。其他像：

Stay!　或

Stay there！（別再跑了！）

不但在球場上常用，在日常會話當中也經常出現。如：

Please stay there. I'll come and get you.

（你就待在那裡，我過去接你。）

4

不要進沙坑！
Stay away from those bunkers!

當小白球朝向沙坑的方向飛去時，就可以使用這種表達方式。Stay away from～.原意是「不要靠近～」「遠離～」的意思。

5

運氣好點！
Oh, get lucky!

這種表現方法有些抽象。在球場上，當球飛行方向不太妙，忍不住在內心企盼小白球的運氣能好一點時，便可以如此使用。

例如，有時我們也會說：

I got lucky.（我運氣來了！）

但若用在球場上，則是拜託小白球能「得神助，運氣好一點！」的意思。

6

進洞！
Go in!

在果嶺附近或果嶺上，同樣可以對小白球發號施令。當球正朝向旗桿方向滾動時，不僅是球員本人，就連場邊的觀眾都會脫口而出 Go in！由此可知這句話是如何地深植人心了。此外，也可以說：

In the hole!（進洞！）

7

再滾遠一點！
Roll!

　　如果希望小白球朝向洞口多走幾步，這時就可以用
Roll！或 Run！相反地，如果希望球滾動的速度放慢，則
可以用：

Slow down！

　　寫著寫著，自己心裡都不禁覺得，如果這樣發號施令，
小白球好像真的會如我們所願，乖乖聽話呢！

8

停下來！
Bite!

　　用近距離切球將球打上果嶺時，如果希望小白球立刻停
下來，就可以用這種表達方式。Bite 原意是「咬」，但在日
常會話當中並沒有「停止」的意思，屬於球場上的特別用
法。這一點要特別注意。

〈擊球失手時〉

　　說穿了，高爾夫球的本質就是：

Play it as it lies.

（照著球的落點擊球。）

能夠在嚴苛的條件下，悠然自得，不受影響，繼續打球的
人，才稱得上是獨當一面的高爾夫選手。不過話雖如此，
當小白球落在不理想的位置時，免不了還是會想要發發牢

88

騷。以下就是諸如此類的表達方式。

9

這球根本就不能打！
This is an impossible feat.

　　在高爾夫的軼聞集中，描述選手在幾近不可能的情況下，激烈拚鬥的情節固然是很精彩，不過如果主角換成自己，可就是另外一回事了。本句中的feat是「技術、本領」，因此整句的意思直譯就是「這種技術根本就不可能（這球根本就不能打）」。

–This is an impossible feat.
（這球根本就不能打！）
–Take a stroke penalty and play it from the rough.
（罰一桿，再從粗草區重打就好了。）

10

我最不會打下坡球了！
I hate downhill lies.

　　hate（討厭、厭惡）可引申用於「不擅長～」的情況。相信大家都知道uphill lie是上坡球位，而「側邊上坡球位」是 sidehill up lie，「側邊下坡球位」則是 sidehill down lie。

–I hate downhill lies.
（我最不會打下坡球了！）
–I can never remember how to hit them, too.
（這種球我也打不好。）

11

我好像愈打愈差了！
I seem to be getting worse!

　　在球場上被人修正過揮桿的姿勢後，反而適得其反，愈打愈差。相信有過這種經驗的人，對於這一句應該最能心領神會。

–I seem to be getting worse!
（我好像愈打愈差了！）

–A small adjustment takes a while to bear fruit.
（姿勢稍作修正後，是要一段時間才看得出成果的。）

一再滾遠一點！

☆ 進洞！

（答案請參閱166頁）

近距切球高手

高竿的高爾夫選手不僅得將球送上果嶺，能否利用近距離切球（*Approach Shot*）把球打到推桿一桿就能進洞的位置，更是成敗的關鍵。因此在出桿之前，距離洞口多遠，以及果嶺的地形等資訊就顯得格外地重要了。以下將介紹如何詢問距離、果嶺地形，以及稱讚或安慰對方所打出的近距離切球等表達方式。

距離旗竿還有多遠？
How far back is the pin?

在詢問距離的 How far～？之後加上 back，成為 How far back is～？這句話直譯意思就是「～在多後面的位置？」。另外一個更簡單的說法是：

Where's the pin placement?（旗竿大概在哪個位置？）
或是用：

I can't see the pin placement. Can you?
（我看不到旗竿的位置。你呢？）

–How far back is the pin?
（距離旗竿還有多遠？）
–It's probably about 20 feet deep.
（大約 20 英尺左右。）

告知對方距離時，如果標的物是 pin placement（旗竿的

92

位置）時，要說～feet deep（距離～英尺），請特別留意的是使用 deep 這個字彙。「距離這裡～碼」則可以說～yards from here。

在英語當中，高爾夫運動是以英尺來作為計算距離的統一單位。但也有比較含糊的說法，像 the back part of the green（在果嶺的後方）或 the front part of the green（在果嶺前方）。例如：

The pin's cut in the back part of the green.
（旗竿位於果嶺的後方。）

2

果嶺右側的情況如何？
What's to the right of the green.

想要瞭解果嶺四周的詳細情況時，不妨用 What's ～來詢問。「右側」是 to the right 或 right side；「左側」是 to the left 或 left side；後方則是 to the back 或 back side。

–What's to the right of the green?
（果嶺右側的情況如何？）
–Just a small pond!
（只有一個小池塘。）

回答的時候，可以像上述例句直接說「有～」，但是如果碰到砲台型果嶺時，後方的地勢通常是驟降的坡面，這時如果對方問 What's to the back of the green？便可以回答：

The ground falls away sharply.
（果嶺後方是驟降的坡面。）

我在打球時常會問：
Which is the safe side?（那一邊比較安全？）

不過有時桿弟卻會回答我：

　　There is no safe side.（都很危險！）

實在很令人沮喪。

3

今天的果嶺速度很快喲。
The green's nice and fast today.

　　在將球打上果嶺之前，想要提醒對方注意事項時，就可以用 The green is～（或縮寫為 The green's～）這種表達方式。nice and fast 常用於說明果嶺的狀態，有趣的是，這兩個形容詞經常並用，讓語意感覺更加生動。

–The green's nice and fast today.

（今天的果嶺速度很快喲。）

–I'll keep that in mind.

（我會銘記於心的。）

　　此外，還有一個常用的形容詞 slick（滑溜的），也可以用來形容球滾動速度較快的果嶺，如：

　　The green's very slick.　或

　　It's a slick green.

相反地，如果滾動速度很慢時，則可以說：

　　The green's very slow today.

4

這一洞的果嶺由左向右傾斜。
This green slopes from left to right.

　　談到果嶺的情況時，通常會說明地勢傾斜的方向，此時就可以用 from～to…（從～到…）這種表達方式。如果是

「由後向前」，則是 from back to front。

–This green slopes from left to right.

（這一洞的果嶺由左向右傾斜。）

–So I should aim to the left of the flagstick.

（那麼，我應該瞄準旗桿的左側囉。）

　　在以果嶺難度著稱的英國高爾夫球場上，形容「傾斜角度很大」是用 slopes steeply，而「角度和緩」則是 slopes gradually。

Culture Shock

　　通常在發球台上，都會設有碼數標示樁(yardage post)，標明由發球台到果嶺的距離。不過到了素負盛名的蘇格蘭唐百利球場，卻是既沒有 yardage post，也沒有小木樁。根據桿弟湯姆的說明，著名的球場好像都沒有類似的設施。We judge the yardage by eye and feel.（我們用眼睛和感覺判斷距離），這時候「桿弟可就是不可缺的了！」湯姆笑道。

　　英國的球場採用「碼」作為距離的單位，但橫渡多佛(Dover)海峽，到了法國或瑞士時，卻又變成公尺制，讓人十分難以適應。有一次問一位法國的朋友，為什麼當地不採用「碼」來作為距離的單位，他的解釋是：「其實這個問題只要從英法兩國的歷史著眼，就一目瞭然了。因為法國人一向都儘量避免與英國人做相同的事，即使只是為了賭一口氣。」姑且不論這個理由如何，對於距離感遲鈍的我來說，在公尺制的球場打球，總是比較不習慣。

旗竿位置在果嶺前段還是後段？
Is the pin placed on the front or back tier?

　　兩段式果嶺的說法很多。如例句中的 tier，便可以說 two tiers / a double tier。此外，tier 這個字的發音和「眼淚」的 tear 相同，要小心不要弄錯了。

–This green has two tiers.

（這一洞是兩段式果嶺。）

–Is the pin pleced on the front or back tier?

（旗竿位置在果嶺前段還是後段？）

　　其他說法還包括 two levels / double level ，或是 double hill。每一種用法都可以在前面加上 front / back 或「上‧下」的 upper / lower 來作進一步說明。

如果是我的話，可能會用直接用推桿打。
I'd use a Texas wedge.

　　有的球友在打球時，不喜歡給對方建議，也不希望聽到對方的建議。不過如果同組有職業級選手，那當然另當別論。這種習慣雖然是因人而異，但如果初來乍到一個球場，同組的球友對球場又十分熟悉，恐怕多少都得聽聽對方的經驗與建議。此外，在給予建議時，不妨可以利用第五章所介紹的 I would ～（如果是我的話，～），口氣比較委婉，也比較容易為對方所接受。

　　例句中的 Texas wedge，指的是在果嶺邊緣直接用推桿打球，至於其來源，據說是因為出身德州的職業好手經常使

用這種方式，所以才叫做 Texas wedge。

–I'm in a horrible position.
（這球的位置真討厭！）
–I'd use a Texas wedge.
（如果是我的話，可能會直接用推桿打。）

　　此外，給予對方建議時，常常使用 You're better off～.的句型，意思是「～可能比較好。」如：
　　You're better off using a Texas wedge.
off 後的動詞必須加上-ing。如：
　　You're better off laying it up here.
（這球最好分兩次打。）

7

你這球一定會滾進的啦！
You can chip it in!

　　很多球友在開球或推桿方面十分拿手，但卻不擅長打近距離切球。想要激勵他們時，話語中就必須帶有正面鼓勵的語氣。而 You can～正是強調「你一定沒問題！」的表達方式。

–I need this to save my par.
（這球我得打進，才能平標準桿。）
–You can chip it in!
（你這球一定會滾進的啦！）

　　此外，也可以用與 possible（有可能）意思相近的 makeable，來加強對方的自信。如：
　　That's a makeable chip shot.
（這球可以打滾地進洞。）

不過在出桿以前，聽到這種激勵的話語，有時反而會因為太過在意而打不好，碰到這種情況時，我都會用 break down（崩潰、倒塌）來自我解圍，刻意說：

Watch me break down under pressure.

（看我在壓力下，搞不好會搞砸！）

以舒緩心中的壓力，不過似乎沒什麼功效。

8

這球保送了！

I'll give you that one.(That's a gimme.)

　　如果球距離洞口很近，再推一桿十之八九會進時，中文會說「保送」或是用英文「OK！」表示你不用推了。而美國人則會說 I'll give you that one.，或是 That's a gimme.。gimme 是將 That's a give me.的 give me 合而為一的高爾夫球用語，通常是在距離洞口很近，當事人就算直接說 give me「這球給我吧！」，不將球打進洞也行的狀況下使用。

–I'll give you that one.

（這球保送了！）

–Thank you.

（謝啦！）

　　當對方打出漂亮的近距離切球時，雖然也可以用前面介紹的 Good shot！來給予喝采，不過使用：

Good approach!　或

What a approach！

似乎更為貼切。

9

你真是個近距切球高手！
You're a wizard at the short approach!

　　Wizard 原意是「巫師」，用在會話當中，則是「高手」、「好手」的意思。要注意的是，其他的打法都不能用 wizard 來形容，由此看來，近距離切球的高手也許真的比較特殊吧！

–You're a wizard at the short approach!
（你真是個近距切球高手！）
–No, it was a fluke.
（僥倖而已啦！）

　　有一次在打球時，一位朋友對於大家給他的喝采，做出了這樣的回應：
　　I owe it to Ray Floyd's video.
（我將之歸功於 Ray Floyd 的錄影帶。）

10

球直接穿越了果嶺！
I skipped right over the green!

　　處理近距離切球時，常會發生揮桿力道過大的失手情況，想要表達「穿越果嶺」時，在 hit, skipped, sailed, went 等過去式動詞後面，加上 over the green 就可以了。除了 right 之外，也可以使用表示「距離很遠」的 way，如：
　　I hit way over the green!
（球超過果嶺太多了！）

–I skipped right over the green!

（球直接穿越了果嶺！）

–Well, this is one of the hardest greens.

（這是全場最難處理的果嶺之一。）

　　如果近距離切球沒打好，接下來的推桿通常會比較難處理，此時可以說：

Oh, no. I'm left with a pretty long putt.

（糟了，等一下得來個長推桿了。）

Oh, no. I'm left with a downhill putt.

（糟了，等一下得往下坡推了。）

☆ 這球保送了！
—謝啦！

（答案請參閱166頁）

推桿之前

　　職業高爾夫球選手常說「如果推桿打不好，就無法在巡迴賽中取勝」，真是一點也沒錯。平常在打球時，小白球一旦上了果嶺，選手的臉就會不自主地緊繃起來，和果嶺之前的擊球完全不同，讓人感覺推桿似乎是決勝的關鍵。以下就為大家介紹打推桿時的各種表達方式。

1

你想球會怎麼跑？
How do you read it?

　　這是詢問小白球滾動路線最典型的方式。句中用 read 來表達「如何判讀」的語感，而 it 則是指球行進的路線。

　　此外，也可以使用這種說法：

　　How will it break?（球會朝哪邊偏？）

–How do you read it?

（你想球會怎麼跑？）

–It'll break to the left.

（應該會朝左邊跑。）

　　我有一個美國朋友，目前在日本一家高爾夫球場工作，在日本打球最令他覺得不可思議的，就是球打上果嶺之後，還是使用相同的說法來表示球行進的方向。也就是如果偏向右邊滾動，叫做「slice line」，偏向左邊，則叫做

「hook line」。像這種日本人自創的英語是不正確的，正確的說法應該是：

It'll break to the right. / break to the left.

以下再介紹幾種使用 break 的說法：

It'll break slightly toward the water.
（可能會稍微偏向水池的方向滾動。）

There's not much of a break.
（應該不太會偏向。）

2

草紋朝向哪一邊？
Which way is the grain?

grain 指的是草的紋路。由於是詢問草生長的方向，因此使用 Which way～？如果是逆向，可以說 against the grain，順向則是 toward the grain。

–Which way is the grain?
（草紋朝向哪一邊？）
–Against you.
（和你相反的方向。）

Culture Shock

高爾夫球場上有一句名言：You drive for show, but you putt for dough.。意思是開球通常是 show 的成份居多，也就是為了滿足觀眾和同組球友的「作秀」；而推桿則是為了 dough，也就是俗話說的現金，是用來賺取比賽的獎金。

如果被問到果嶺傾斜的方向時，也可以用：

It slopes toward you. （你那一邊是下坡。）

It slopes against you. （你那一邊是上坡。）

我初學高爾夫時，有一次到與紐約相鄰的紐澤西州 River vale C.C 球場打球，那裡的第 7 洞和第 16 洞果嶺草紋十分難以判讀，打起來非常辛苦。稍有經驗的球友都知道，如果果嶺附近有海洋或河川，那麼草應該會朝那個方向生長，而那個地方正好有一個大型蓄水池。打了一年多以後，有一天球場老闆對我說：

The grain is toward the reservoir.

（草紋是朝向蓄水池的方向。）

That figures!

（原來如此啊！）

我才恍然大悟。不過之後我的推桿還是不見起色，看來原因並不在此。

　　順帶一提，對於球場十分了解的會員，如果打出了高難度的推桿進洞時，球友通常都會以「會員果然不一樣！」這樣的話，來刻意調侃，在英語中則會用 local knowledge（當地的知識）這種表達方式，如：

That's local knowledge!

（果然是當地人，知道的比較多。）

3

如果你打到洞口的話，可能就會進。
If you get it to the hole, you'll make it.

　　當對方以 What do you think? 來徵求意見時，最常用來回應的句型就是 If you ～, it'll…～（如果你～的話，可能會～吧）。不過這種表達方式如果語氣稍強，聽起來便會像是

給人忠告，使用時記得要用和緩的聲調來表達。

–It looks straight to me. What do you think?
（我覺得看起來好像很直，你覺得呢？）
–If you get it to the hole, you'll make it.
（如果你打到洞口的話，可能就會進。）

　　或是使用類似的句型「如果不～的話，可能會～」也可以。如：

If you don't hit it solid, it'll break to the right.
（如果不推大力一點的話，可能會偏到右邊去。）

　　另外，在推桿時也可以使用 might 來給予對方建議，如：

A firm putt might spin out.
（推太用力的話，可能會旋出去。）

4

誰的球比較遠？
Who's further away?

　　當兩個人的球與洞口的距離看起來差不多時，常用這種說法來確認。從這一個小問句的回答，就可以判斷一個人的個性，所以請務必記住它的用法。

–Who's further away?
（誰的球比較遠？）
–I think you are.
（應該是你吧！）

　　其他一些在禮貌上應該事先確認的表達方式如下：

–Am I on your line?

（我的球在你的行進路線上嗎？）
–Yeah, can you mark it?
（沒錯，麻煩你做個記號。）
–No, it's fine.
（沒有，沒關係。）

如果對方問道：
–Do you need the flag?
（你需要旗桿嗎？）
可以回答：
–Yes, please tend it.
（嗯，插著沒關係。）
–No, please pull it out.
（不，麻煩你幫我拔起來。）

此外，如果想告訴對方可以先打完這一洞，就可以說：
Go ahead and putt it out.（你先把它推進洞吧！）

5

你可以參考我的路線。
You can go to school with me.

如果兩人的推桿路線相同，對於後打的一方十分有利。此時，由於先打的選手等於是在示範球行進的路線，所以使用 go to school（上學）這種表達方式，可以說非常傳神。

–You can go to school with me.
（你可以參考我的路線。）
–Thank you. I definitely will.
（謝啦！我會好好留意的。）

6

看我進洞吧！
I'm closing the hole up!

　　心理建設對於推桿的成敗影響很大，為了建立自信，幫自己加油打氣是很重要的。

　　I'm closing the hole up!（看我進洞吧！）

　　Par putt coming up!（看我這一推平標準桿吧！）

　　I'll be down in one.（我一桿就能進洞。）

根據我的經驗，對於自己推桿有信心的人，似乎也比較不容易失手。

–I'm closing the hole up!

（看我進洞吧！）

–Sink it in.

（推進去吧！）

　　句中的 Sink it in！是推桿時，為對方加油打氣最常用的說法。也可以直接用sink（沈入洞口）這個動詞，如：

　　She sank a 10-footer and won the championship.

（她打進了一個 10 英尺的推桿，贏得了冠軍。）

此外，為對方加油打氣時，還有其他的表達方式，如：

　　Knock it in.　或

　　Tap it in.（輕輕地打進吧！）

比較激動的人，也可能會直接用命令句：

　　In the hole!（進去吧！）

相信您在觀賞電視轉播的 PGA 高球賽時，應該也看過場邊觀眾高喊 In the hole！的熱鬧場面吧！

這一球很難推喔！
It's going to be a tough putt.

　　這一句是對於即將面臨高難度推桿的選手，所發出的同情之聲。It's going to be～.是未來式的用法，表示說話者對於未來可能發生的事情所做出的預測。

–It's going to be a tough putt.
（這一球很難推喔！）
–No kidding.
（一點都沒錯！）

句中使用的 tough，與 difficult 同義，在球場上常會說：

　　It's a tough hole（這一洞很難打！）

　　It's a tough pin placement.

　　（洞口的位置很不好處理。）

而答句的 No kidding.則意指「一點都不是開玩笑的！」，屬於慣用的表達方式。不過，諸如此類的說法，無形中反而會給對方壓力。例如有的選手就會在對方推桿以前故意說：

　　This is for birdie, isn't it?

　　（這一桿推進了就是博蒂喔！）

造成對方心理上的壓力。

一看我進洞吧！
☆ 推進去吧！

（答案請參閱166頁）

12

推桿之後

在球賽中，人聲最為鼎沸的兩個地方，莫過於發球台與果嶺了。部份原因或許是因為賭注，不過推桿時所散發出的緊張氣氛，才是最主要的因素。以下就為大家介紹推桿進洞，或推桿失手時的表達方式。

1

漂亮的推桿！
What a great putt!

使用 What～！的感嘆句，在前面發球的章節中已介紹過，屬於十分簡易、直接的說法。不過用在推桿時，可別忘了將「shot」換成「stroke」或「putt」。如：

What a great stroke!（好漂亮的推桿！）

此外，稱讚球滾動的路線時，也可以說：

What a good roll!（球滾的路線真棒！）

–What a great putt!
（漂亮的推桿！）

–Thanks. I had an easy line.
（謝啦！只是球的路線好打而已。）

當對方推桿進洞，拿到博蒂時，可以用半開玩笑的語氣說：

What great nerves!（抗壓性真強啊！）

How confident is that!（真有自信啊！）

當然，簡單的說一句：

Great！

Great stroke！

Good roll！ 或

Good putt！ 也都可以。

2

> 咻！還好平了標準桿！
> Whew! I got a par.

句中的 Whew！，是在鬆了一口氣時，所發出的擬聲語，想吹口哨卻吹不出來時，就會發出 whew 的聲音。句中的 got，帶有總算～的語氣。相同的用法還有：

I made a par.

–Whew! I got a par.

（咻！還好平了標準桿！）

–That was a good save.

（救得漂亮！）

為自己喝采時，則可以用：

I made it！

此外，當對方失手時，也可以用 made 的說法，如：

I thought you made that.

（我以為你進了呢！）

當對方說 I got a par.時，除了以 That was a good save.回應之外，也可以說：

Good par save.（漂亮的 par！）

3

終於打出了博蒂！
Finally a birdie!

　　即使是高手，想要打出博蒂也不是簡單的事，因此在句中使用 final（最後的）加上-ly，成為副詞 finally（最後、終於），用來強調喜悅的心情。即使
Finally！
這一個字，也可以表達出相同的意思。

–Finally a birdie!
（終於打出了博蒂！）
–Nicely played!
（打得漂亮！）

　　nicely 是 nice 的副詞，修飾 played。另外類似的表達方式還有：Nice work！

4

我本來只想打 par 就好了！
I was just hoping for a par.

　　推桿好玩的地方，就在於高手也有可能打不進距離洞口 30 公分的球，而初學者卻也有機會將 10 公尺外的球送入洞口。我就曾靠著這種出乎意料的推桿，拿到不少標準桿(par)與博蒂(birdie)。不過打進一個連自己都不敢相信的長推桿時，難免會覺得有一點不好意思，此時就可以用這種表達方式。

–Look at this! Nice birdie!
（看哪！漂亮的博蒂！）

–I was just hoping for a par.

（我本來只想打 par 就好了！）

　　以下將要介紹的是當對方推桿失手時的表達方式。我們的直覺反應常會說「沒打好」或「太輕了」，不過這種說法使用時可要格外注意。雖然說者並沒有惡意，但聽在別人耳中，可能就成了批評的話語。所以建議大家還是使用以下帶有「nice」的表達方式較不失為上策。

5

意思到了！
Nice try.

　　Nicely played！　或

　　Nice work！

是在對方推桿進洞時的用法，而 Nice try.則是在對方失手時，最簡單的安慰方式，表示「雖然盡力了，不過可惜沒進。」如果要表達「只差一點！」時，則不妨用：

　　Almost. / Almost in. / It almost went in.

等等。另外

　　Just missed it!（可惜了！）

也是常用的表達方式。

–Oh! That's a cruel break!

（噢！怎麼偏這麼多！）

–Nice try.

（意思到了！）

　　Too bad.（可惜）也十分常用。不過如果說話時語氣不恰當，這種用法聽來可能會有譏諷的意思，使用時必須小心。此外，也可以使用前面介紹過的 tough putt 來安慰對

方。如：

That was a tough putt.（這球太難推了啦！）

6

好像推得太用力了！
Just a little too firm.

這一句是 That was just a little too firm.的省略說法。too firm（太用力）也可以說成 too hard。too firm 的反義詞是 too soft（不夠力）。在句中加上 just，可以讓語氣比較和緩。

–It lipped out.
（在洞口繞了一圈又跳了出來。）
–Just a little too firm.
（好像推得太用力了！）

Culture Shock

在果嶺上，當然免不了會出現有關於賭注的對話。例如，有的球友會在對方出桿前，刻意說：That's going to be an expensive putt.（這一桿很貴喔！），來造成對方的心理壓力。有時自己推桿失手時，也會嘆氣說道：That putt cost me a hundred bucks.（這一桿花了我 100 美金！）。Want a game？（要來一場嗎？）You're on！（來比吧！）像這樣小賭一番，的確可以增加比賽的樂趣，不過可最好還是適可而止，不要太過火了。

「好像推得太用力了！」也可以換成比較具體的說法，如「你得讓球剛好停在洞裡」，這句話在英語是用 die 來表達：

You need a putt that dies at the hole.

7

球如果不到洞口，當然也就不會進！
Never up, never in.

這是一句推桿時的名言，意思是「如果球沒有滾到洞口，當然也就不會進洞了」。

–I didn't hit it.
（我失手了！沒打到洞口。）
–Never up, never in.
（球如果不到洞口，當然也就不會進！）

如果是彼此十分熟稔的朋友，也可以開玩笑地說：
Chicken!（膽小鬼！）
此外，推桿失手時，常會用諸如 I didn't hit it.的句子，來解釋自己失手的原因。以下也是幾種常見的說法：
I misread it.（我判斷錯誤了！）

有些球友失誤時，常會習慣說「miss 掉了！」，如果在 read 或 play等動詞前加上 mis，便有表示對於該動作「錯失、錯誤」的含意。因此 misread 也就是「判讀、判斷錯誤」，misplay 則是「打法錯誤」，用了不正確的打法的意思。除此之外，揮桿時常用的「推出去」、「拉回來」，也可以用在推桿上，如：
I pushed it.（推到右邊去了。）
I pulled it.（拉到左邊去了。）

8

當對方不但推桿沒進，而且球離洞口的距離又比原來還遠時，一方面因為同情，一方面又怕對方不好意思，果嶺上通常都是鴉雀無聲，情況有點尷尬。其實這時候開個小玩笑反倒好。在開玩笑的表達方式中，It's still your turn.算是很毒的說法，所以同組的球友曾經對我說過：

Those are the four dirtiest words in golf.
（那是高爾夫比賽中，最髒的四字經。）

–Look at it roll!
（啊！怎麼滾這麼遠！）
–Sorry, it's still your turn.
（不好意思，還是該你打。）

當然，也有人會用比較委婉的說法，如：
Take your time.（你慢慢來吧！）
或是
Want me to putt out?（要我先推進洞嗎？）
讓對方先喘口氣、休息一下。

9

過頭再推回的推桿，英語是 one coming back（打回來），其實這一句並不是安慰的話，而是在提醒對方出桿時要慎重一點。這種說法也可以和前面介紹的 It's going to be a tough putt.合用成為：

　　It's going to be a tough putt coming back.

–That's a hard one coming back.

（回推桿很難打喔！）

–No kidding!

（一點也沒錯！）

—啊！怎麼滾這麼遠！

☆不好意思，還是該你打！

（答案請參閱166頁）

13

今天成績如何？

一位單身的朋友在贏得一場高球錦標賽後，他的朋友開玩笑地說 *He's a sandbagger*！這裡的 *sandbagger*（沙袋者），指的是玩撲克牌時「扮豬吃老虎」的人。在高爾夫球比賽中，為了自己的成績，而將差點以少報多的人，也叫做 *sandbagger*。以下就為大家介紹一些關於成績的表達方式。

1

發球優先權在你。
You have the honor.

中文常說的「優先權」、「先發球的權利」，英文中用 have 這個動詞，說成 have the honor，或是用

It's your honor.
也可以。

–Who has the honor.
（誰先發球？）

–You have the honor.
（發球優先權在你。）

此外，想表達「還是你先開球」時，可以加上 still，說成 You still have the honor.。有時候也可以說：

You are up next.（下一個該你。）

2

你上一洞打了幾桿？
What did you make on the last hole?

句中的動詞除了 make，也可以使用以下幾種：

What did you <u>get</u> on the last hole?

What did you <u>shoot</u> on the last hole?

What did you <u>score</u> on the last hole?

如果想表達「前九洞打了幾桿？」時，則可以說：

What did you score on the front nine?

–What did you make on the last hole?

（你上一洞打了幾桿？）

–I made a triple bogey.

（我超出標準桿三桿。）

上述的答句，也可以說成：

I got a triple bogey.　或

I shot a triple bogey.

高爾夫球當中的 birdie, par, bogey, triple 雖然都是名詞，不過也都可以當成動詞使用，如：

I triple bogeyed.　或是

I tripled.

I birdied the ninth.（我第九洞打了個博蒂。）

I parred the ninth.（我第九洞平了標準桿。）

3

我打了五桿。
I shot a five.

或許您已經發現，用英語表達高爾夫成績時，都會在名詞前面加上 a 這個冠詞，如 a five, a bogey, a double bogey, a triple bogey等。

–What was your score on the ninth?
（第九洞打了幾桿？）
–I shot a five.
（我打了五桿。）

表現不理想，一不小心超出標準桿一桿、二桿、三桿時，英文是這麼說的： one over par, two over par, three over par。唯一例外的是「超出標準桿四桿」時，除了 four over par之外，也可以說：

I shot a quad.

這裡的 quad，是 quadruple 的省略說法，不過這種說法僅限於超出標準桿四桿，四桿以上就要用 five over par, six over par 來表達了。

4

目前成績如何？
What's your score so far?

在比賽過程中詢問對方的成績，雖然可以直接說 What's your score？，不過如果加上 so far（現在、截至目前為止），更能凸顯出比賽尚未完成的語意。發音時 so 與 far 不要分開，可以念成連音。此外，在比賽結束後詢問對方的成績時，則可以說：

What was your score？
記得不要忘了用過去式 was。

–What's your score so far?

（你目前成績如何？）

–So far, I'm ten over.

（超出標準桿 10 桿。）

此外，如果和對手進行比洞賽(match play)時，可能就需要用到以下的表達方式：

So far, I'm two holes down. 或

So far, I'm two down.（目前我落後兩洞。）

So far, you're two up.（目前你領先兩洞。）

One down at the turn.（打完前九洞我落後一洞。）

We're both square at the fifteenth.

（我們第 15 洞平手。）

打完 18 洞之後，如果對手的成績還不錯時，便可以說：

That's not bad at all.（打得不錯嘛！）

若是成績不甚理想時，則可以用同情的口吻安慰對方：

Too bad you lost those holes at the beginning.

（你在剛開始那幾洞真可惜！）

有時成績會不小心登錄錯誤，這時可以用下面這種說法來向對方道歉。

Sorry, I put down a bogey on the 5th but it was a 6.

（不好意思，第五洞打了六桿，不過卻記成 bogey。）

5

今天打了 98 桿。包括幾個 par, 幾個柏忌。還有兩洞打得特別爛。

I played 98. I had a bunch of pars, a few bogeys and a couple of disasters.

欲詢問對方當天的總成績時，可以這麼說：

What was your score？

此外，也可以用 shoot（打、擊）這個動詞來詢問，如：

What did you shoot today？

回答時要注意的是，與 a five 或 a bogey 不同，句中的 98（桿）前面不須加上 a。

有時對方詢問我們的成績時，光說出數字好像還不夠，一般都會加上一些具體的說明，如：

I had eight pars, eight bogeys and two triples.（我打了八洞平標準桿，八洞柏忌，和兩洞超出標準桿三桿。）

Culture Shock

在美國和台灣打球，並沒有像日本打完前九洞回到俱樂部用午餐的習慣。因此有些比較周到的球場，會特別在場中準備巡迴的餐車，或是在第九、第十洞設置店家，為球友提供漢堡、熱狗與飲料等食物。想要去買東西時，可以用 Can I get you anything？（要我幫你帶點什麼嗎？）詢問同組的球友，是否有需要代買的東西。在美國或許您會想要來上一個熱騰騰、並加上大量美式調味料 relish 的熱狗，然後在大快朵頤之後，繼續向後九洞挑戰。不過在此要給您一個忠告。如果您不打算馬上享用，而暫時把熱狗放在手推車擋板後方的話，不一會兒可能就會無影無蹤了。因為對於伶俐的烏鴉來說，那可是絕佳的午餐。

如果在某些洞打得特別差時，甚至可以使用例句中 disaster（災難）的用法，讓句子顯得更為生動。

–What did you shoot today?

（你今天成績如何？）

–I played 98. I had a bunch of pars, a few bogeys and a couple of disasters.

（我今天打了98桿。包括幾個 par, 幾個柏忌。還有兩洞打得特別爛。）

☆ 你上一洞打了幾桿？

—我超出標準桿三桿。

（答案請參閱166頁）

14

重視規則與禮儀

　　身處於現代社會，大家似乎都會輕忽日常生活中的基本禮儀。相對於此，高爾夫球值得稱許的特點之一，卻正是對於禮儀與傳統的重視。以下便為大家介紹有關於高球禮儀與規則的表達方式。

1

你們當地的規則如何？
What's the local rule?

　　在美國的東部，一到了高爾夫球季快要結束的 10 月中旬，地面就會為枯葉所覆蓋。一來由於美國對外開放的球場，對於保養工作並不十分重視，二來又不像臺灣、日本有熱心的桿弟會主動幫球友注意球的落點，比賽中發生找不到小白球的情況便時有所聞。因此在外地打球時，最好先向同組的球友確認規則。

–What's the local rule?
（你們當地的規則如何？）
–Six inches through the green.
（穿越果嶺區一律採行 6 英寸。）

上一句也可以說成：
　　We play by the winter rules from October to March.
（10 月到 3 月我們採用冬季的規則。）

※編輯室按：所謂冬季規則是指在冬季期間，為了保護草皮而制定的可以移動球位的規則，但在正式比賽中是不採用的。

2

如果你同意的話，我們今天照規則打。
We'll play it as it is. If it's all right with you.

上述例句也可以說成：

We'll play it as it lies.　或是

We'll play it as summer rules.

這三句的意思都相同。然後再在句首加上 If it's all right with you.，用於徵詢對方的意見。

–We'll play it as it is. If it's all right with you.

（如果你同意的話，我們今天照規則打。）

–That's fine with me.

（當然沒問題。）

3

我可以罰一桿重新開球嗎？
May I tee up and lose a stroke?

在打球時，有很多情況常常必須徵求同組球友的許可。此時便可使用 May I～？（我可以～？）這種句型來表達，如：

May I hit now?（我現在可以打了嗎？）

May I improve my lie?（我可以改善一下球的落點嗎？）

May I putt out?（我可以先推進洞嗎？）

–May I tee up and lose a stroke?

（我可以罰一桿重新開球嗎？）

–You don't lose a stroke. The yardage post is an obstruction.
（碼數標示樁屬於障礙物，所以不用罰桿。）

4

你可以罰一桿，然後從粗草區重打。
Take a stroke penalty and play from the rough.

　　這個句子雖然是以 take 起始，不過卻不是命令句，而是建議對方採取某種行動，或是徵求對方許可時的表達方式。例句中是將 You can take a stroke penalty…的 You can 省略。如果對方的球掉入臨時形成的水坑 casual water 時，則可以說：

　　You can take a free drop out of that puddle.
　　（你可以把球從水坑中拿出來重新拋球，不用罰桿。）

–I can't play this one.
（這球沒辦法打。）

–Take a stroke penalty and play from the rough.
（你可以罰一桿，然後從粗草區重打。）

5

我一定得從這個球位打嗎？
Must I play it from where it lies?

　　英語的 must 是強調「一定、必須」的表達方式。

–Must I play it from where it lies?
（我一定得從這個球位打嗎？）

–What's the problem?
（有什麼問題嗎？）

–There's a rattlesnake!

（這兒有條響尾蛇！）

在美國西部、西海岸等沙漠地帶的球場，常會設有 Beware of Rattlesnakes（小心響尾蛇！）的警示牌，同時並設有當地的相關特殊規則。我十分喜歡的一本書 *Golf is a Good Walk Spoiled*（George Eberl 著）當中有提到，第一件因為蛇干擾比賽，而被容許不罰桿移動球的位置之案例發生於 1976 年。不過由於在蘇格蘭打球，不須擔心蛇的問題，因此制定高爾夫規則的組織——Saint Andrews 的 R&A（Royal and Ancient Golf Club of St. Andrews），在那之前一直明定不可隨意移動小白球的位置。

6

對不起，請問那是你的球嗎？
Excuse me, but is that your ball?

在美國打球，常會發生失手打錯球的情況。如果覺得對方好像看錯球時，可以先委婉地提醒，不要突然說出「那是我的球！」，以免失禮。

–Excuse me, but is that your ball?
（對不起，請問那是你的球嗎？）
–Oh, sorry. My mistake.
（啊，抱歉！我搞錯了。）

此外，也可以這麼說：
Did you see another ball around here?
（你在這附近有看到另一顆球嗎？）
無論如何都找不到時，只好放棄，回到原點重打。此時可以說：
I gave up my hunt.（我不找了！）
在美國的球場，一到落葉遍佈的季節，要找尋小白球的

蹤影就會變得十分困難。這時不妨請 forecaddie，也就是在前方的桿弟，隨時留意小白球的落點。

7

不好意思，讓你等這麼久。
Sorry for holding you up.

找不到球或近距離切球失手，而讓同組球友枯等時，在禮貌上應該用這種說法來表達歉意。如果把球打入前一組揮桿的區域時，則可以用 Sorry for～這種句型，向他們打聲招呼。如：

Sorry for hitting into you.
（不好意思，球飛到你們的區域。）

–Sorry for holding you up.
（不好意思，讓你等這麼久。）
–No problem.
（沒關係啦！）

讓其他球友苦苦等候時，說句玩笑話或許可以化解凝重的氣氛，因此好不容易把球打上果嶺後，也許可以說：

I'm finally home!（我終於到家了！）

8

我們最好加快腳步！
We'd better move along.

在高爾夫球場上，最讓人受不了的就是 slow play。move along 則是「趕緊向前進發」的委婉表達方式。有時就算只說一句：

The next hole's wide open.（下一洞都沒人了喔！）
也足以暗示對方加快腳步。

–We'd better move along.
（我們最好加快腳步！）
–You're right.
（說得對！）

　有時候也可以說：
Let's move along.（打快一點吧！）
We'd better speed up the play.
（我們最好打快一點！）

Culture Shock

　在蘇格蘭打球時可以在場內悠閒散步，到了美國卻可能看到場內樹立的「小心響尾蛇」警示牌，打球時可能經常會碰到各式各樣的 outside agencies（妨礙比賽進行的「攪局者」）。一位朋友在紐約近郊的高級球場參加比賽時，就曾有過類似的經驗。比賽當天，主辦單位宣佈 We'll play by the VSGA rules today.（今天依照 USGA（美國高爾夫協會）的規則進行比賽），而球場當地則設有另一項特殊規則If a fox runs off with the ball for your second shot on the 18th, replace your ball as near as possible to the point where the fox picked it up without penalty.（在第 18 洞打第二桿之際，如果球被狐狸叼走，可以從最接近落點的位置繼續，不需要罰桿）。當天下午，我那位朋友來到第18 洞開球台附近時，就聽到前一組的球友高聲大喊「出來了！」

小心！
Watch out!.

　當揮擊出去的球，朝向其他球友的方向飛去時，最常見的情形是高聲大喊：

　　Fore!（小心！）

來提醒前方的人注意。不過若是揮桿時位置沒拿捏好，球胡亂飛，眼看有可能打到週遭走動的球友時，情急之下也常有人使用生活會話中常說的 Watch out！來提醒球友閃避。

Rehearse it!
英語該怎麼說？

☆ 不好意思，請問那是你的球嗎？

（答案請參閱166頁）

15

運氣？

在任何一種比賽項目中，運氣的成分通常不會掛在嘴邊，不過換到高爾夫球場中，諸如「幸運女神眷顧」、「運氣太差了」等說法倒是常聽到。以下就為大家介紹與球運相關的表達方式。

1

只是運氣好而已啦！
I had a stroke of luck.

這一句的 stroke 和高爾夫「揮桿、揮擊」的 stroke 沒有關係。a stroke of luck 只是好運臨頭時的慣用表達方式。相反地，如果球運不佳時，則可以用 a stroke of bad luck。

–You saved your par.
（你保住了 par 喔！）
–I had a stroke of luck.
（只是運氣好而已啦！）

在球場上面對高難度的球時，也可以將 luck 用進句中，如：

With luck, I might go over those trees.
（運氣好的話，球應該可以飛越樹林！）
不過對方的回答也可能是：
I'm afraid luck has nothing to do with it.

（很遺憾，我想這跟運氣無關。）

2

運氣真背！
Tough luck.

在英語中有 unlucky 這個形容詞，但卻沒有 unluck 這個名詞。「運氣不好」可以用 tough luck, bad luck 或 misfortune。除了例句中的 Tough luck.「運氣真背！」以外，也可以說：

What a bad luck！

–My balls buried in the sand!
（我的球埋在沙裡了！）
–Tough luck.
（運氣真背！）

3

風水輪流轉。
The tide of fortune has begun to change.

fortune 表示「幸運」。如同 stroke 可以和 luck 組合使用，fortune 也常和 tide（潮汐、潮流）同時並用，如 the tide of fortune。觀賞一流高球好手雲集的「四大高球公開賽」（Major Tournament），就可以發現這種說法實在是非常貼切。

–How's the match going?
（情況如何？）
–The tide of fortune has begun to change.
（風水輪流轉。）

4

幸運女神總是站在你那邊。
The odds are all in favor of you.

在賽馬中常用的「odds」也是用於表達「幸運」的辭彙，當對某一方「有利」時，用的是 in favor of～，「不利」時，則用 against～。若是運氣實在是差到極點，這時也只能仰天長嘆：

The odds are all against me.

（幸運女神一點都不眷顧我！）

–Two birdies in a row!

（連續兩洞博蒂！）

–The odds are all in favor of you.

（幸運女神總是站在你那邊。）

5

我推桿的球感已經回來了！
I've regained my putting touch.

這一句和「幸運、不幸」略有不同。形容絕佳的「感覺」、「感觸」時，應該使用 the touch。舉例來說，每位球友都會有推桿極為順手的時候，當然也會出現怎麼推怎麼不進的情況。這種奇妙的感覺就可以用 the putting touch 來形容。例句中動詞是用 regained（找回來、抓回來），語氣中帶有曾經失去過的言下之意。因此，如果「推桿的球感完全不見了」，這時就可以說：I've lost my putting touch.

–How dare you sink a thirty-footer!

（你竟然打進一個 30 英尺的長推桿！）

–I've regained my putting touch.
（我推桿的球感已經回來了！）

6

一切都是命中註定。
Everything dapends on fate.

清晨要開車前往球場時，卻去撞上車庫的柱子。因為趕時間而全速驅車時，卻因超速而被開罰單。心中正嘀咕著「今天好像有點不祥的預感」，沒想到在球場上的表現倒是出乎意料的順手。狀況好的時候，就連高難度的推桿，都會神乎奇技似地進洞。出現這種情況時，用「宿命」fate 來形容似乎誇張了點，不過不能否認，這的確是蠻貼切的表達方式。

–You're making all the birdies!
（博蒂全被你打光了！）
–Everything dapends on fate.
（一切都是命中註定。）

7

你一定打出了一生的代表作！
You must be playing the game of a lifetime.

這一句說來也許有點誇大，但當對手表現絕佳時，用這樣「一輩子只有一次的表現」the game of a lifetime 的說法錦上添花倒也無傷大雅。You must be～表示「一定～」，屬於十分斷定的說法。例句中說的雖然是對方的事，不過說話者的自信，卻正好能傳達出他心想「能打得這麼好，對方一定會很高興」的心情。

–Three birdies in a row!
（連續三洞打出博蒂！）
–You must be playing the game of a lifetime.
（你一定打出了一生的代表作！）

8

不能把每件事都交給運氣。
Can't leave anything to chance.

　　會說這句話的球友，個性通常都是謹慎小心，推桿前也都會仔細判讀球的路線。句中的 leave 是「委託、託付」的意思。

Culture Shock

　　在美國，有許多選手不使用專用的 marker，而拿硬幣來標示球的位置。甚至在高爾夫四大公開賽中，也有職業選手使用硬幣來作記號。部份原因或許是出於心理作用，就像有的選手認為自己用的是所謂的「Lucky Coin」（幸運硬幣），不過也有人使用硬幣是為了更實際的理由。舉例來說，如果 marker 位於對方的行進路線，而必須移動時，常有球友在移動後忘了將 marker 移回原地，而職業選手之所以將硬幣翻面來標示球的位置，也就是為了預防這種失誤的發生。

—你保住了一個 par。

☆ 只是運氣好而已啦！

（答案請參閱166頁）

16

高爾夫是心理的遊戲

　　高爾夫選手之間的話題，多半是關於 *the metal game of golf*，簡單來說，也就是心理層面的話題。高爾夫相關叢書中的名言集錦，幾乎全都是針對心理層面的建議與忠告，同時也是職業或業餘選手看過之後都會深感「心有戚戚焉」的傑作。過去在英國打球時，和閱人無數的桿弟之間的對話，也多半圍繞在心理層面，令我印象十分深刻。雖然這一類的話題通常比較冗長，不過因為內容涉及所謂的高爾夫哲學，因此也就無可厚非了。

1

當我一站上發球台，就會開始東想西想。
A lot of things go through my mind when I'm on the tee.

　　高爾夫勝負的關鍵在於自己，如果站在發球台上，一下子心想：

I sliced the last one.（剛剛那一球太偏右了。）

一下子又擔心：

Will I slice again?（這一次會不會重蹈覆轍？）

如此東想西想，顧慮過多，反而容易因為壓力過大，而在出桿時失手。想要表達這種不乾脆的心境時，就可以這麼說：

–A lot of things go through my mind when I'm on the tee.
（當我一站上發球台，就會開始東想西想。）

–That's not too good. You're apt to put too much beef behind the tee-shot.

（這樣不太好喔！可能會造成你發球時用力過猛。）

桿弟常用的 to put beef 或是 beef up，當然跟真的牛肉無關，這裡的意思是「用力」、「強化」的俚語用法。類似的表達方式還有：

We always make the game hard for ourselves by thinking too much.（我們總是想得太多，結果反而更難打！）

現在回想起來，我以前曾經問過一位高球技巧進步神速的朋友這個問題：

What goes through your mind when you're on the tee?

（你站在發球台上時，腦子裡都想些什麼？）

當時他的回答是：

Nothing.（什麼也不想。）

Culture Shock

關於桿弟的由來，有一種說法是這樣的。桿弟 caddie（或 caddy）這個辭彙，源自於法文中的 cadet（青年）。當時的法國女王 Mary, Queen of Scots（後因被指控參與謀害英國女王依莉莎白一世之陰謀，而被處以死刑）是個高爾夫球狂，她在皇宮召集了一批年輕的男子，專為女王背球桿。因此當英國當地的桿弟聽我說日本球場的桿弟全都是由女性擔任時，臉上都露出不可思議的表情，也就不足為奇了。

2

我已經沒勁了！

I've lost the momentum.

　　當前一組進行的速度太慢，總是得等上好一陣子才能出桿時，不僅注意力無法集中，就連對於比賽的緊繃感覺也都消失。相信很多球友都有過這種經驗。許多網球選手注意力渙散，打球的步調混亂時，也常會說 I've lost my momentum.。不過對於真正的高爾夫選手或是網球選手而言，這種話都只不過是藉口而已。

–I've lost the momentum.

（我已經沒勁了！）

–Slow play can get on people's nerves.

（打得太慢真會令人焦躁不安！）

　　如同上句桿弟的附和，要表達「心裡煩躁、不痛快」時，可以考慮用 get on one's nerves。上述例句也可以用 slow players來代換，如：

Slow players can get on people's nerves.

（打得慢的選手，真會令人焦躁不安！）

想要採用主觀的說法時，不妨將 people's 換成 my，如：

Slow players get on my nerves.

不過一個職業的桿弟，是絕對不會說出這種話的。

3

你太認真了啦！

You're just trying too hard.

　　只有衝勁是別人兩倍的我，最常被球友建議的就是這一

句話。打球時不僅是「想得太多」，同時也「太過認真」，使得原本應該樂趣無窮的高爾夫，打來卻覺得分外辛苦。當你覺得付出很大的心血，但結果卻不如預期時，就可以用表示「打拚」、「掙扎」的 struggle，來表達內心的情緒。

–It's been a struggle all day.

（奮鬥了一整天！）

–You're just trying too hard.

（你太認真了啦！）

除了 You're just trying too hard.之外，也可以說：

You're playing each shot like life or death.

（你好像每一球都攸關生死一樣。）

4

這球還是保守點比較好。

The safe game is the one to play here.

經驗豐富的桿弟，在跟了幾洞之後，就可以確實掌握選手的實力，這一點相信是不用多提的。當選手想要打出超過自己能力的長距離攻擊時，利用這一句話來點醒對方，應該十分具有功效。

–I might try my four-wood here.

（這一球我想用 4 號木桿。）

–Is it wise?**The safe game is the one to play here.**

（這樣好嗎？這球還是保守點比較好。）

5

彌補失誤的能力，就是對於高手的考驗。

The test of a great golfer is his/her ability to recover from a bad shot.

這句話是曾經有一次當我揮桿失手時，一位桿弟這麼激勵我的。在高爾夫球用語中，說到「試煉、考驗」時，通常用 test 這個名詞或動詞。如：

You'll be tested on every hole.

（每一洞都是實力的考驗）

6

即使是同一洞，每次打的狀況也會不一樣。

It may be the same course, but you never play the hole the same.

這一句使用 may be～（可能～）來表達「由於是同一洞，選手可能會認為打法也相同」，然後再利用 but 之後的句子，來否定前一句。即使是同一洞，但每次打球時的自然條件、球場的狀態以及自己身體的情況都會出現微妙的差異。我雖然了解這一點，但有一次一天打兩回合時，還是忍不住對桿弟發牢騷：

–I made a par here this morning.

（早上我在這一洞平了標準桿耶。）

–It may be the same course, but you never play the hole the same.

（即使是同一洞，每次打的狀況也會不一樣。）

7

有一天突然覺得自己領悟了高爾夫的祕訣，不過到了隔天，卻又忘得一乾二淨。
One day I think I've finally solved the great mystery of golf. And the next day I've completely lost it.

　　對於高爾夫球選手來說，高爾夫是一項深奧的運動。最能表達這種概念的，就是 the great mystery of golf 這個句子。如果將這一句直譯，可以翻譯成「高爾夫的奧祕」，而要解開這個奧祕，則須用 solve（解決、解答）這個動詞。此外，I've completely lost it！則是「完全看丟、迷失」的慣用表達方式。

8

比賽過程中只有你和球。所以只能怪自己，不能歸咎於他人。
It's just you and the ball. You can't blame anybody but yourself.

　　blame 這個動詞意指「歸咎於～」。過去在打球時，我常將失誤的原因歸咎於「風太大」、「沙子的質地跟剛剛不一樣」、或是「球道太窄」等因素。還好有人率直地點醒我 You can't blame anybody（你不能歸咎於他人），but youself.（只能怪你自己），之後我才得以能虛心地，慢慢體會高爾夫球的精妙之處。

☆比賽過程中只有你和球。所以只
能怪自己，不能歸咎於他人。

（答案請參閱166頁）

工欲善其事，必先利其器

關於球具的說法，有時因地而異，端視當地習慣用法而定。像我在日本打球時，與桿弟之間不時會出現以下的對話。每當我對桿弟說「請給我三號木桿」，他就會回問一句「是 *spoon* 嗎？」。像三號木桿的「*spoon*」，四號木桿的「*baffy*」以及五號木桿的「*cleek*」，但諸如此類的高爾夫球用語只適用於高爾夫的發祥地──英國和蘇格蘭，在美國則沒有這一類的說法。

1

這隻一號木桿改變了我的高爾夫生涯。
This driver has changed my golfing life!

對於凡事保守的東方人來說，「人生因而改變」這種說法似乎有點誇張，不過在英語當中，這可以說屬於日常生活會話的範疇。例如在追求心怡的對象時，就可以說：

You changed my life.
（你改變了我的一生。）

–That's a good-looking club.
（好漂亮的球桿！）
–This driver has changed my golfing life!
（這隻一號木桿改變了我的高爾夫生涯。）

2

才剛剛上市。
It just came out.

come out 的過去式 came out，表示「從～出來」。而例句則是 It just came out on the market.（從市場～，上市）的省略用法。套用這種方式，也可以說：

The ball came out of the woods.
（球從樹林中飛了出來。）

–Is that a Japanese club?
（這是日製的球桿嗎？）

–Yes, **it just came out.**
（沒錯，才剛剛上市不久。）

–Looks easy to hit.
（看起來蠻好打的！）

不知道為什麼，高爾夫球選手一聽到 It just came out.或
It's selling like hotcakes!（賣得很好喔！）
這樣的話，就會興起想要擁有相同球桿的慾望。

3

你可以用用看。
You're welcome to use it.

想要勸誘對方嘗試新事物時，通常不會說 Please use it.，而會用 welcome（歡迎）這種表達方式，如此對方也比較能欣然接受。除了 You're welcome to～之外，也可以用 Feel free to～（請自便）來表達。如：

Feel free to use it.

–You're welcome to use it.

（你可以用用看。）

–Yeah. It has a good feel.

（嗯，感覺果然不錯。）

4

> 這隻球桿比較好打，因為甜蜜點的範圍比較大。
> It's easier to hit because it has a larger sweet spot.

　　這一句因為是與其他球桿相較的結果，因此「容易」的 easy 與「範圍大」的 large，都使用比較級 easier 與 larger。而答句中的 bigger 與 better 也都是比較級。

Culture Shock

　　在某些方面，高爾夫球桿其實和汽車有共通之處。在臺灣和日本的街道上看到的車子，多半是勤於清洗的新車。相對於此，美國人則認為車子能跑就好了，因此十幾年前的老款式汽車，一樣在街上穿梭來往。情況到了高爾夫球場上也是一樣，當看到桿弟身旁手推車上放置的高爾夫球具，大概所有的美國人都會有相同的感覺——「亞洲人真有錢啊！」因為最新的款式或是國外進口的球具幾乎是隨處可見。相對於此，在美國則常常可以看到有人捧著生了銹的老球桿上場打球。附帶一提的是，在美國對外開放的平價球場打球時，如果用的是昂貴的高級球桿，朋友可能會提醒你 Keep an eye on your golf bag.（看好你的球袋），因為這就跟把高級車停在路邊是一樣危險的喔！

–It's easier to hit because it has a larger sweet spot.

（這隻球桿比較好打，因為甜蜜點的範圍比較大。）

–The bigger, the better!

（意思就是越大越好囉！）

5

我也許會試試看吧！

Maybe I'll give them a try.

如同例句的用法，「試試看」可以說成 give ～a try。而 I'll give them a try 中的 them，指的則是「那些球桿」。

當獲知知名廠商推出新產品時，不妨試試用 try 來營造話題。如：

Have you tried the new 9-wood?

（你試過新推出的9號木桿嗎？）

–These clubs give me solid contact from various lies.

（不論球的落點如何，這些球桿都能打得很紮實。）

–Maybe I'll give them a try.

（我也許會試試看吧！）

solid contact 表示「球點紮實」，自認拜球桿之賜，而能將球打得很紮實時，就可以說～gives me solid contact.。various 表示「各式各樣、多變的」，但在上述例句中，則隱含有「不論落點難度有多高」的語意。

6

真是復古的一號木桿啊！

That's a classic driver!

若對方使用歷史悠久的一號木桿時，可不能直接用 old

（古老的）來形容喔。這時不妨使用 classic 這個形容詞，言下之意是「雖然舊了點，不過是隻好球桿」。

–That's a classic driver!
（真是復古的一號木桿啊！）
–It's been with me longer than my wife!
（它跟我在一起的時間比我老婆還久。）

　　男性球友之間的對話，常常會出現關於老婆的話題。例如上句中的 It's been with me longer than～（在一起的時間比～還久）。不過話說回來，美國人的離婚率偏高，所以可能還得看看他說的是第幾任老婆吧！

7

新的推桿好用嗎？
How's your new putter?

　　問候他人時可以用 How are you？而詢問對於球桿的感想

Culture Shock

　　美國高爾夫球場中放置的大型垃圾桶中，常常可以看到斷成兩截的球桿。折斷的原因並不是因為老舊折損，而是選手盛怒之下造成的結果。與習慣壓抑情緒的東方人相較，有些美國人，特別是年輕的美國選手，打球時的脾氣非常暴躁，不時有令人大吃一驚的舉止出現。不過根據我熟識的職業選手的說法，那些年輕人把球桿丟掉以後，聽說都還會再撿回來。而駐在球場的職業選手的另一項工作，就是修復折損的球桿。

時，則可以用 How is～？如果直譯 How's your new putter？可以譯成「你那隻推桿的狀況如何？」看似詢問球桿的情況，其實是在徵詢使用者本身的感受。例如，如果要問對方「新的工作怎麼樣？」時，就可以說：

How's your new job？

–How's your new putter?
（新的推桿好用嗎？）
–Sometimes it's just a name.
（名牌是名牌，可是不一定好用。）

就算付出昂貴的代價，買了世界名牌的球桿，還是得靠實力才能打得好。在後悔之餘，說上一句：

It's just a name.（除了牌子之外，沒什麼價值。）
或許能消消心中的怒火。

我在美國買的第一套球具，是不到3萬日圓的便宜貨。那時我心想，球打不好，應該都是球具不夠高檔導致的。於是隔年我馬上買了一套高級的球具，後來才發現根本沒有效果，令我大受打擊。當我向周遭的球友抱怨：

These new clubs haven't taken strokes off my game.
（用了這些新球桿，並沒有讓我少打幾桿。）
不料，卻得到他們冷淡的回答：

Maybe you need a lesson rather than new clubs.
（或許你需要的不是新球桿，而是多上幾節課。）

買高爾夫球具就是我的嗜好。
I'm a golf junkie!

在高爾夫用品店試打新上市的推桿後，立刻說：

152

This is it!（就是它！）

然後當場掏腰包買下的人，就可以稱為 a golf junkie。junk 的原意為「垃圾、沒用的東西」，或許從 golf junkie 家人的眼中看來，塞進櫥櫃裡的高爾夫球具，也和垃圾一樣沒有價值吧！沒關係，下次當您穿上最新型的高爾夫球鞋，卻被周遭的親友吐槽時，或許就可以拿例句中的說法來為自己辯解。

–You're already wearing the air pump shoes.
（你已經在穿氣墊式的高爾夫球鞋啦！）
–I'm a golf junkie!
（買高爾夫球具就是我的嗜好。）

☆這隻球桿比較好打，因為甜蜜點的範圍比較大。

—意思就是越大越好囉！

（答案請參閱166頁）

18

● 到The 19th Hole乾一杯！

打完 18 洞以後，選手多半都會到 *The 19th Hole*（第十九洞），也就是俱樂部會館的吧台小酌一番。在臺灣和日本的習慣是「先泡或沖個澡，等到全身清爽舒適之後，再喝上一杯」；不過在美國，通常是連澡也不沖，趁著興奮的感覺尚未消退之際，直接前往吧台。

1

> 我今天打得很高興。
> I had a fine round of golf today.

在日本打完 18 洞以後，多半都會互道「辛苦了！」而臺灣則是用「謝啦！」這樣的話來客套寒暄。與這些話類似的英語表達方式則是 I had a fine round of golf today.（我今天打得很高興。）句中的 fine，另外還可以用 wonderful, exciting, great 等形容詞來代替。

–I had a fine round of golf today.
（我今天打得很高興。）
–So did I.
（我也是。）

其實不限於高爾夫，在任何情況下，想表達「今天真的很高興」的心情時，都可以用：
I had a great time today.

155

此外，在高爾夫球場上還可以說：

I hope you had as much fun playing as I did.

（我希望你和我一樣地盡興。）

此時，則可以回答：

I couldn't have asked for a better partner.

（你是我碰過最好的搭檔。）

這將是十分得體的回應方式。

要不要喝一杯？

How about a drink?

想要以輕鬆的語氣邀請對方時，通常都會使用 How about ～？。例句中 a drink 雖然使用單數冠詞 a，不過要記住，並不是「只喝一杯」的意思。

–How about a drink?

（要不要喝一杯？）

–Sure. I have to pay off my debts.

（當然，我得把欠的錢給你。）

pay off one's debt 是「償還債務」的固定用法。不過結算打球時的賭注，是不應該在 The 19th hole 的餐廳進行的。有些球友到美國或英國打球時，常會不分場合，在喧鬧的餐廳就若無其事地結算起賭注、彩金起來了，看來格外引人側目。在歐美等地的鄉村俱樂部，常會有當地高爾夫聯盟的大人物前去用餐，因此必須格外留意，勿損國家形象。

3

這一杯算我的！
Let me get this one.

　　在對外開放的球場，飲食的費用不採簽帳制，而是與一般的酒吧或餐廳相同，飲料送上來之後，當場就要支付現金。此時就用得到上述例句中的說法。Let me～含有「讓我～」的語意，是請客時常用的表達方式。

–Let me get this one.
（這一杯算我的！）
–Then the next one's on me.
（下次換我請！）

　　上述答句中的～is on me.，表示「～由我來付」，同樣是請客時常用的說法。如：
　　Dinner is on me.（晚餐我請客。）
　　Today's golf is on me.（今天打球算我的。）

4

為這值得留念的球賽乾一杯！
To a memorable round!

　　這一句是打完 18 洞之後，邀集大家乾杯時最常用的表達方式。「為健康乾一杯」的「為～」就是句首的 To。例如，如果要敬對方身體健康，就可以說：To your health！順帶一提，大家都知道，真正的「乾杯」，英文是 Cheers！不過在英國，Cheers. 有時也表示「謝謝」的意思。

–To a memorable round!
（為這值得留念的球賽乾一杯！）

–To a healthy and long golf life! cheers!
（為健康與長長久久的高球生涯，乾杯！）

此外，「為～乾杯」也可以說 Let's toast to ～。

5

> 比我想像中難打。
> It was tougher than I had expected.!

當對方問到對於球場的感想時，就可以用這一句來回答。首先要注意的是，必須使用 It was 過去式。而～than I had expected 的 expect，意思是「預期、想像」。如：
It was easier than I had expected.
（比我想像中簡單。）

Culture Shock

　　有一次我到擁有六座球場的佛羅里達州渡假勝地停留了數日，在那兒碰到許多熱愛高球的球友。其中有兩位來自北方密西根州的男性，各自在結婚屆滿十年之際，得到老婆與小孩的首肯，前來一圓高爾夫假期的夢想。而另一天跟我同組的一對老夫婦，平常也是只能在球資不到一千日圓（約合台幣300元）的球場過過乾癮，因此當天能在一萬日圓以上的高級球場打球，著實令他們感動不已。老先生甚至說 It was my dream to play here.（在這裡打球一直是我的夢想），令人印象深刻。與他們談話之後才發現，習慣在日本奢侈、高昂球場打球的我，似乎已經失去了那一份感動之情。

–So what did you think of the course?

（你覺得這個球場怎麼樣？）

–It was tougher than I had expected.

（比我想像中難打。）

6

> 我今天老是打不好。
>
> I played pretty badly today.

　　都已經打到 The 19th Hole 了，如果還是滿嘴牢騷，好像說不太過去。不過如果使用 bad 的副詞 badly，來自我反省，相信大家還能接受。其他像是：

　　I couldn't seem to keep my tee shots straight.

（我發球好像總是打不直！）

使用 I couldn't～，來表示自己「無法～」，也是一種自我反省的表達方式。中文常會說「今天打得亂七八糟！」英語中相對的表達方式則是：

　　It was a wild day for me.

意思是說自己的表現很 wild（雜亂無章）。

–I played pretty badly today.

（我今天老是打不好。）

—But you were making some great shots.

（不過你還是有幾球打得很漂亮啊！）

　　聽到對方自我反省的話以後，如同上述答句適時給予肯定，或許可以讓對方的心情好過一點。要注意 you were making ～必須使用過去式。

不像日本的那麼豪華。
It's not as decorative as Japan.

　　近來日本出現許多「宮殿」般的豪華球場。反觀美國，除了觀光客雲集的渡假勝地或是夏威夷之外，其他各地的高爾夫球場似乎都稍嫌淳樸。就連舉辦美國高球公開賽的球場，俱樂部會館也沒有太多的華麗雕刻作品裝飾。例句中的 decorative 是 decorate「裝飾」的形容詞，意指「裝飾的」、「華麗的」。其反義詞「淳樸、樸素」則是 down-to-earth。

–What do you think of American golf courses?
（你覺得美國的球場如何？）
–It's not as decorative as Japan.
（不像日本的那麼豪華。）

　　喜歡打高爾夫的人，多半對於外國的球場都很有興趣。所以一聽到有來自外地的球友，通常都會想詢問關於當地球場的各種資訊。以下就以日本為例，為大家介紹一些常用的表達方式。

8

最少大概也得花個 3 百美金（3 萬日圓）。
It costs at least three hundred dollars.

　　被問到價錢方面的問題時，通常可使用 It costs～這個句型。如果加上「至少」、「最少也要～」的 at least，則更可以強調出價格的「高貴」。不過在美國就算少報一些，例如「2 萬日圓」這種價錢，對方的反應大概還是 That's outrageous！（太誇張了吧！）

–I heard that golf is very expensive in Japan.
（聽說在日本打高爾夫很貴。）
–Well, **it costs at least three hundred dollars.**
（最少大概也得花個3百美金（3萬日圓）。）
–That's outrageous!
（太誇張了吧！）

9

在日本打球得花上一整天。
Golf is a full day ordeal in Japan.

　　對於通常都在位於郊區的球場打球的美國人來說，在日本打球的情況大概是他們想像不到的。就連在紐約這個大都市，距離曼哈頓一小時以內的車程，就有好幾家球場可供選擇。相較之下，日本的球場距離都會區實在是太遠了。ordeal 這個字彙意思是「嚴酷的考驗、折磨」，雖然不太常用，不過用在此處卻十分貼切。

–**Golf is a full day ordeal** in Japan.
（在日本打球得花上一整天。）

–What do you mean?
（什麼意思？）

–Traveling time exceeds playing time.
（往返的交通時間就比打球的時間長了。）

　　平常如果勤於練習 Golf is～這個句型，等到臨場需要應用時，就可以朗朗上口了。如：

Golf is a rich person's sport in Japan.
（在日本，高爾夫是有錢人的娛樂。）

Culture Shock

　　美國大文豪馬克吐溫（Mark Twain）曾經對高爾夫下了一個定義：Golf is a good walk spoiled.（高爾夫就是把悠閒的散步變得索然無味的運動。）不過也有人這麼形容：Golf is a game for a lifetime.（高爾夫是一輩子的娛樂）。我有一位高齡80歲的朋友，打球只用一號木桿、劈起挖起桿以及推桿，目前仍活躍於高爾夫球界，可以說就是這項定義的明證。此外，打完 18 洞，冷靜地回想當天的表現：Golf is a game played between your ears.（高爾夫球是兩耳之間，也就是頭腦的運動）則是另一項您可以親身實證的定義；如果再想到世界上有這麼多熱愛高爾夫球運動的人口，說不定還可以得出一個定義：Golf is an addiction.（高爾夫是會讓人上癮的！）。您呢？您對高爾夫的定義是什麼呢？

10

全年無休！
We can play all year round.

　　在日本打高爾夫又貴、又遠，唯一的優點大概就是全年無休隨時都可以打。「全年、整年」的英語是 all year round。附帶一提的是，在紐約打球，可以說：

　　We can play from early April until the end of October.

　（球季是從每年4月初到10月底。）

–When does the golf season end in Tokyo?

（在東京，高爾夫球季什麼時候結束？）

–We can play all year round.

（全年無休！）

–That's nice.

（那倒是不錯！）

11

預祝你接下來的假期愉快！
Hope you enjoy the rest of your vacation.

　　聊了許久，該分手時，可以說：

　　I'd better be going.

　（我看我得回去了！）

如果對方是來渡假的，就可以使用 the rest of your vacation
（接下來的假期）這種表達方式。

–Hope you enjoy the rest of your vacation.

（預祝你接下來的假期愉快！）

–Thanks. And the same to you.
（謝啦，也祝你愉快！）

如果對方是當地人，在道別時則可以說：

Hope we get to play again some time.

（希望能有機會再跟你打球。）

回答時則說：

Sure, anytime. Give me a call.

（當然，有空時隨時打電話給我。）

—你覺得這個球場怎麼樣？

☆ 比我想像中難打！

（答案請參閱166頁）

Rehearse it!

P.17 Are you open to the public?

P.24 Are we up next?

P.37 It looks like rain.

P.46 I'm a 85-shooter.

P.57 Can I carry the pond with a five-iron?

P.66 I'll take that.

P.75 No problem. It's a five-shot hole.

P.84 Nice work! You're on!

P.91 In the hole!

P.101 That's a gimme.

P.109 Sink it in.

P.118 Sorry, it's still your turn.

P.125 What did you make on the last hole?

P.133 Excuse me, but is that your ball?

P.139 I had a stroke of luck.

P.146 It's just you and the ball. You can't blame anybody but yourself.

P.154 It's easier to hit because it has a larger sweet spot.

P.165 It was tougher than I had expected.

INDEX

6 打出精彩好球時怎麼說

7 揮桿失手時怎麼說

8. 攻上果嶺前的問答

9 對小白球發號施令

12 推桿後的心得

13 詢問成績

14　球場禮儀問答

15　與運氣有關的話題

做個駕馭英語的 *21* 世紀國際人

三民辭書系列

美國日常語辭典：
└───────────描寫美國真實面貌，遊學美國必備。

袖珍英漢辭典：
└───────────收錄詞條最新，跨世紀袖珍辭典。

皇冠英漢辭典：
└───────────初學者最適，專家推薦實用級辭典。

新知英漢辭典：
└───────────創新「同義字圖表」，學習更加有效率。

精解英漢辭典：
└───────────五大基礎句型導讀，活用動詞一把罩。

新 英 漢 辭 典：
└───────────銷售與佳評齊揚，增訂完美版，內容更充實。

廣解英漢辭典：
└───────────收錄十萬餘字的案頭辭書，進階、深造最適宜。

簡明英漢辭典：
└───────────知識隨身帶著走，五萬七千字的口袋型辭典。

最強勢的第二外國語

工業日文：
└────────── 許廷珪著

現代日文法：
└────────── 卜鍾元著

現代日本口語文法：
└────────── 丁顏梅著

現代實用日本語文法：
└────────── 張庸吾著

簡明日本文法：
└────────── 王世雄著

初級日語：
└────────── 藤井志津枝
　　　　　　鄭婷婷
　　　　　　宿谷睦夫著

中級日語：
└────────── 藤井志津枝
　　　　　　鄭婷婷
　　　　　　宿谷睦夫著

初階日語讀本：
└────────── 渡邊柳子著

初階日語讀本：
└────────── 渡邊柳子著

現代高級日語讀本：
└────────── 柯劉蘭編

現代日語讀本（上）（下）：
└────────── 丁顏梅著

現代日語會話：
└────────── 丁顏梅著

突破日語發音：
└────────── 楊清發編著

商用日語讀本（一）：
└────────── 楊清發編著

中、日、英語慣用語句：
└────────── 章陸著

國家圖書館出版品預行編目資料

輕鬆高爾夫英語／Marsha Krakower
著；太田秀明繪，劉明綱譯.--初版.
--臺北市：三民，民88
　　　面；　　　公分
譯自：気樂にゴルフ英会語
ISBN 957-14-3021-8 (平裝)

1.英國語言-會話

805.188　　　　　　　　　88004707

網際網路位址　http://www.sanmin.com.tw

© 輕鬆高爾夫英語

著作人　Marsha Krakower
繪圖者　太田秀明
譯　者　劉明綱
發行人　劉振強
著作財產權人　三民書局股份有限公司
發行所　三民書局股份有限公司
　　　　地址／臺北市復興北路三八六號
　　　　電話／二五○○六六○○
　　　　郵撥／○○○九九九八——五號
印刷所　三民書局股份有限公司
　　　　臺北市復興北路三八六號
門市部　復北店／臺北市復興北路三八六號
　　　　重南店／臺北市重慶南路一段六十一號
初版　中華民國八十八年五月
編號　S 80237
基本定價　叁元肆角
行政院新聞局登記證局版臺業字第○二○○號

ISBN 957-14-3021-8 (平裝)